CHIHUAHUA E COMPLOTTI

UN DETECTIVE CON LE VIBRISSE
LIBRO 6

MOLLY FITZ

TRAMA

A quella mattacchiona di mia nonna piace prendere decisioni avventate in base all'estro del momento. La scorsa settimana si è data al flamenco. Questa settimana, invece, ha deciso di adottare una chihuahua combinaguai di nome Cachemire. Non sarebbe un grosso problema, se non fosse per il burbero tigrato che già da tempo abita con noi.

Non avrei mai immaginato che avrei sentito la mancanza della voce di Gattavius, ma la sua silenziosa opposizione sta diventando difficile da sopportare, soprattutto considerando che abbiamo appena inaugurato la nostra agenzia investigativa.

Ovviamente, le cose sono andate di male in peggio quando io e la nonna abbiamo scoperto che qualcuno si appropria indebitamente dei fondi destinati al rifugio per animali di Glendale. Se non riusciamo a trovare il colpevole al più presto, il rifugio potrebbe chiudere e quei poveri animali non avrebbero nessun posto dove andare.

Ok, devo solo trovare il ladro, salvare gli animali e tirarmi fuori dai guai, il tutto mentre escogito un sistema affinché Gattavius e Cachemire mettano da parte le loro differenze e inizino a collaborare. Auguratemi buona fortuna...

NOTA DELL'AUTORE

Ciao e grazie per aver scelto questo libro! Anche a te piacciono i cozy mystery con una buona dose di umorismo? Allora saremo ottimi amici!

Cosa ne dici, intanto, di tenerci in contatto sulla mia pagina Facebook? L'ho creata appositamente per i miei fantastici lettori italiani. Vieni a trovarmi su www.facebook.com/raccontimiciosi

Insieme ci divertiremo tantissimo. Gira pagina... e inizia l'avventura!

Ti aspetto nel magico mondo dei gatti.

MOLLY

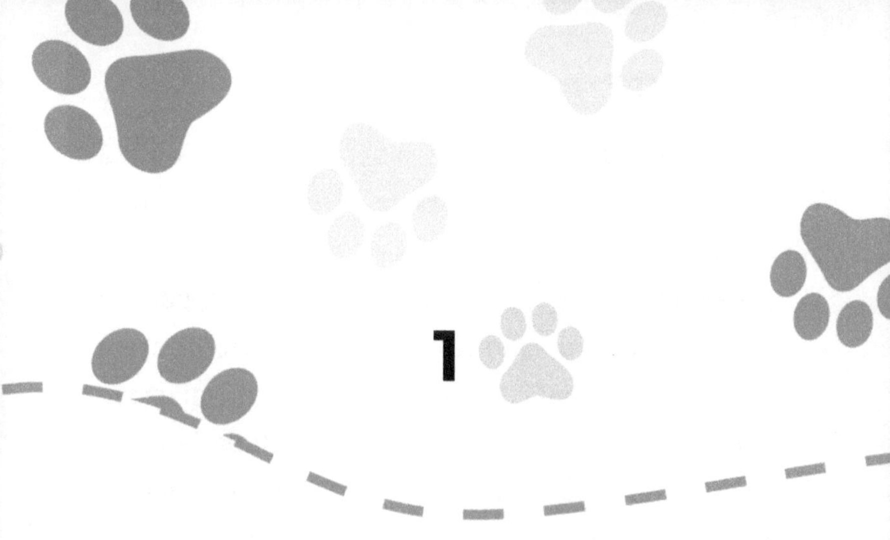

1

Ciao, mi chiamo Angie Russo e l'ultimo anno è stato rivoluzionario per me, con una successione di eventi sconcertanti. Sì, è passato un anno esatto da quando la mia vita è cambiata, e in meglio.

Certo, mi sono ritrovata ad affrontare molti soggetti pericolosi – assassini, rapitori, brutti ceffi e chi più ne ha più ne metta – ma non scambierei la mia vita con quella di nessun altro al mondo.

Ecco come stanno le cose... Tutto è iniziato quando lavoravo ancora come assistente legale.

Un'anziana signora molto benestante era appena venuta a mancare e gli eredi erano stati convocati nel nostro studio per la lettura del testamento. Mi era stato chiesto di preparare il caffè, ed è stata l'ultima volta in cui mi sono cimentata in un'impresa tanto pericolosa.

Perché, sapete, ho preso la scossa e ho perso i sensi. Quando mi sono ripresa, ho scoperto di avere una paura dannata di quei macchinari infernali, nonché – piccolo dettaglio – la capacità di parlare con gli animali. Inizialmente riuscivo a comunicare soltanto con un gatto di nome Octavius Maxwell Ricardo Edmund Frederick Fulton. Si tratta di uno dei principali beneficiari dei lasciti della sua proprietaria defunta. Lo chiamo Gattavius per semplificare.

Per farla breve, lui mi disse che l'anziana donna era stata assassinata e mi pregò di aiutarlo a catturare l'assassino. Ci riuscimmo, e nel frattempo diventammo migliori amici. Ora vive con me, e io mi prendo cura di lui e gestisco il suo cospicuo fondo fiduciario.

Inoltre, per averlo costretto a indossare pettorina e guinzaglio, sono stata tanto avventata da promettergli un favore senza però specificare bene i termini dell'accordo; così ora abitiamo nella lussuosa tenuta della sua proprietaria precedente. Proprio così: una pettorina verde fosforescente da dieci dollari ha finito per costarmi un milioncino.

Se non altro, la maggior parte dei soldi per l'acquisto erano comunque suoi.

Come dicevo all'inizio, sono successe davvero molte cose nel corso di quest'ultimo anno. Io e il mio gatto abbiamo risolto tre casi di omicidio; lui è stato rapito; e io ho finalmente lasciato l'impiego come assistente legale per aprire un'agenzia investigativa privata tutta nostra. Ah, già... ora ho anche un fidanzato!

Mia nonna è perfino più eccitata di me al riguardo. Per anni ha cercato di trovarmi un uomo e, ora che ci è riuscita, non sa bene cosa fare nel tempo libero.

Certo, continua a darsi un gran daffare in cucina e a seguire il corso di arte che le piace tanto, ma ultimamente cambia hobby con la stessa frequenza con cui cambia i calzini. C'è stato il periodo del flamenco, poi quello delle lezioni di coreano, perfino quello di Pokémon Go. Dice che Pikachu la comprende a livello spirituale. Io questa non l'ho proprio capita.

Mia madre e mio padre sono sempre molto impegnati con le loro carriere: lavorano, rispettivamente, come reporter e commentatore sportivo per il canale di notizie di Blueberry Bay, e io e la nonna li invitiamo una volta a settimana per un buon pranzetto tutti insieme. Vi ho già detto che io e la nonna siamo coinquiline?

Non è affatto strano. Lei non è soltanto la donna che mi ha allevata, ma anche la mia migliore amica e la persona più straordinaria che conosco. Mi aiuta perfino con le lussuose pretese e la rigorosa routine di Gattavius.

Tra tutte e due, riusciamo a soddisfare le sue richieste, servendogli esclusivamente Sheeba al sapore di pesce ed Evian, la sua acqua preferita, che beve soltanto dalla sua amata tazza di ceramica Lenox.

Di recente, poi, ha preteso un iPad Pro di ultima generazione. Il motivo? Gli serviva qualcosa di più professionale per affrontare la nostra nuova attività imprenditoriale. Poco importa che lo usi principalmente per trastullarsi con vari giochi di gestione di acquari e laghetti di carpe virtuali.

Ha regalato il suo vecchio dispositivo al presidente del suo fan club, un procione che vive in una tana sotto il portico di casa nostra. Si chiama Pringle ed è un tipo a posto, per la maggior parte del tempo. Gattavius apprezza moltissimo avere un fan così sfegatato che sostiene ogni sua decisione e affermazione, incluse le sue consuete critiche alla sottoscritta.

È vero, Gattavius si lamenta costantemente, ma è altrettanto vero che mi vuole moltissimo bene. Per questo ho organizzato una serata speciale per festeggiare il nostro gattiversario. Non sono certa che lui se ne ricordi, ma dopo stasera lo farà!

Non vedo l'ora di vedere l'espressione del suo musetto micioso quando vedrà cosa ho in mente per lui. Che la festa abbia inizio!

Non era stato facile nascondere a Gattavius i preparativi, ma per fortuna non era riuscito a cogliermi sul fatto. Anziché cucinare io, avevo chiesto alla nonna di andare a prendere dei gamberetti alla griglia e dei panini all'astice al Little Dog Diner di Misty Harbor. È un po' lontano, ma ne vale decisamente la pena!

La nonna avrebbe fatto ritorno a minuti, quindi era ora che andassi a svegliare l'ospite d'onore. Lo trovai intento a schiacciare un pisolino nel posticino al sole delle cinque del pomeriggio, nell'ala ovest della casa. «Sveglia-sveglia!» strillai con una vocina cantilenante che lui detestava.

«Angela» gemette, «non hai mai sentito il detto: non svegliare il gatto che dorme?»

«Sono piuttosto certa che l'espressione esatta sia —Sai cosa? Lasciamo perdere. Dai, vieni, ho una sorpresa per te.»

Argh, per un pelo! Stavo per pronunciare la parola 'cane'. Quella piccola svista avrebbe rovinato l'intera serata, ma per fortuna ero riuscita a fermarmi giusto in tempo.

«Una sorpresa?» chiese lui, sbadigliando così tanto che le vibrisse gli si accavallarono davanti al naso. «Di che si tratta?»

«Vedrai. Ora vieni.» Mi diedi dei colpetti su una gamba e gli feci cenno di seguirmi.

Ma lui rimase seduto con il posteriore ben piantato sul parquet, frustando l'aria con la coda: «Dimmelo, o non verrò» insistette.

«Gattavius, non potresti semplicemente—E va bene. Oggi è trascorso esattamente un anno dal nostro primo incontro. Te lo ricordi?»

«Quindi vuoi dire che sono passati un anno e un giorno da quando Ethel è morta?» chiese lui, sollevando le sopracciglia e fissandomi dall'alto in basso.

Oh, non ci avevo pensato. Mi augurai che non fosse troppo triste per festeggiare.

«Volevo solo complicarti un po' la vita» disse con una risatina crudele, correndo via mentre scuoteva il capo. «Buon anniversario, Angela. Sono felice che tu sia la mia umana.»

Un rumore di passi risuonò sul portico. Non avevo sentito l'auto della nonna, ma ora che era finalmente arrivata avremmo potuto dare inizio alla nostra festicciola. Avevo chiesto a Charles, il mio ragazzo, di aspettare un paio d'ore prima di unirsi a noi, poiché lui e Gattavius non andavano particolarmente d'accordo negli ultimi tempi.

In realtà mi faceva molto piacere che il mio gatto fosse geloso del mio fidanzato, ma speravo che prima o poi accettasse la cosa.

«Nonna?» la chiamai, quando io e Gattavius fummo scesi al piano terra. Ma la nonna non era ancora entrata. Raggiunsi la porta, girai la maniglia e—

Una scodinzolante palla di pelo nero si fiondò dentro casa.

«Sono arrivata! Sono a casa! Oh cielo, oh cielo, oh cielo!» strillò il cagnolino. Si acquattò all'istante e fece pipì sullo zerbino.

Mi voltai verso Gattavius, in piedi sull'ultimo scalino, con la schiena inarcata e la coda gonfia come non mai. «Angela, che cosa sarebbe?» gridò, attirando involontariamente l'attenzione del cane su di sé.

«Un gatto! Un gatto! Oh cielo, oh cielo, oh cielo!»

Il cane, che a un esame più accurato si rivelò essere un chihuahua, filò dritto verso Gattavius e gli premette il naso contro il didietro.

Gattavius soffiò, ringhiò, sfoderò gli artigli e colpì, mettendo in fuga il cagnolino, che corse via guaendo di dolore.

Cavolo!

«Che cos'è questo trambusto?» chiese la nonna. Quando entrò in casa, vide il cagnolino nero che ancora uggiolava per la paura e lo prese in braccio. «Ok, confessate. Chi ha fatto del male alla mia Cachemire?»

«Nonna...» Mi pizzicai con le dita l'attaccatura del naso nel tentativo di prevenire un'emicrania imminente. «Perché c'è un cane in casa nostra?»

«Questa è Cachemire. Sì, sì, è proprio lei» disse la nonna in tono adorante. Il chihuahua prese a leccarle la guancia—lo spaventoso gatto e il dolore che questi le aveva inflitto apparentemente già dimenticati. «Ora abita qui.»

«Dannazione! No di certo!» gridò Gattavius dal suo posticino sulle scale. «Pensavo che ci fosse in programma una festa per me, non una visita al nono girone dell'inferno!»

«Nonna!» dissi, nel tentativo di fare da paciere

prima che tutti perdessero la calma. «Non possiamo tenere un cane. Gattavius li detesta.»

«Li detessssto!» soffiò Gattavius, emettendo poi bassi ringhi.

«Lui mi detesta?» chiese il cagnetto, tremando. «Ma non mi conosce nemmeno. Io mi chiamo Cachemire e sono una brava cagnolina.»

La nonna continuò a parlare con la vocina intenerita con cui ci si rivolge ad animali e bambini, senza mai staccare gli occhi dalla chihuahua tricolore, ma prevalentemente nera, che teneva fra le braccia. «Beh, ho visto questa piccolina al rifugio per animali e mi ha rapito il cuore all'istante. Che cosa avrei dovuto fare?»

Alzò lo sguardo e mi fissò, stringendo gli occhi: «Avrei dovuto lasciarla lì, abbandonata a se stessa, in quella gabbia? Oppure, che il Cielo mi perdoni, lasciare che venisse abbattuta quando il rifugio sarebbe stato troppo pieno?» Mentre lo diceva, coprì le grandi orecchie di Cachemire e mi lanciò uno guardo accigliato.

«No, voglio dire...» balbettai. «Certo che no.» Cavolo, ero troppo sentimentale.

«Octavius dovrà abituarsi alla sua nuova coinquilina, perché non ho nessuna intenzione di riportarla indietro» disse la nonna, in un tono che chiariva perfettamente che quell'eventualità era fuori discussione. «Vieni, piccolina, facciamo un giretto fuori e andiamo a conoscere gli animali del bosco.»

Quando la nonna e Cachemire furono al sicuro fuori casa, mi misi alla ricerca di Gattavius per spiegargli meglio la situazione e chiedergli scusa a nome della nonna.

Ma non riuscii a trovarlo da nessuna parte.

Accidenti, non mi avrebbe mai perdonata.

2

Alla fine trovai Gattavius in camera mia. Se ne stava rannicchiato sotto al letto, gli occhi ambrati che rilucevano nell'oscurità. Quando mi stesi a pancia in giù per vedere meglio, emise un basso ringhio che mi fece sobbalzare per lo spavento.

«Vattene!» aggiunse con un brontolio spaventoso.

«Non è giusto» dissi, come se stessi rimproverando un bambino capriccioso. «Ti ricordo che sono rimasta sconvolta quanto te.»

Mi spremetti le meningi in cerca del modo giusto per affrontare il discorso affinché riuscisse a comprendere la situazione. Purtroppo ogni genere di argomentazione logica finiva fuori dalla finestra quando Gattavius era scontento—e quel giorno il suo livello di insoddisfazione aveva già raggiunto i massimi storici.

Con grande difficoltà riuscii a sfoderare un sorriso allegro e spensierato, e dissi: «Però, se ci pensi, per certi versi ha senso. Non credi? Io e te siamo migliori amici e ci siamo l'uno per l'altra, e ora anche la nonna ha un amico a quattro zampe tutto suo. Non è una bella cosa?»

«No!» replicò con testardaggine il tigrato, per poi voltare il muso verso il muro.

Detestavo vederlo tanto turbato, ma non c'era nulla che potessi fare, se lui non accettava di venirmi incontro almeno un po'. «Puoi perlomeno uscire di lì per festeggiare il nostro gattiversario?» lo scongiurai, ormai prossima alle lacrime.

Gattavius si girò verso di me; i suoi occhi mostravano ancora quel bagliore inquietante mentre rifletteva sulla mia richiesta. «Non ho intenzione di uscire» disse infine. «Ma se mi porti qui i gamberetti e l'Evian, e prometti di non lasciar entrare il cane, potrei prendere in considerazione l'idea di cenare con te qui, nella nostra stanza. *In privato.*»

Non potei fare a meno di sospirare: «Davvero non intendi uscire da questa camera?»

Lui frustò l'aria con la coda, sollevando una nuvola di polvere e pelo di gatto che si innalzò dal tappeto in un disgustoso turbinio. Caspita, non ci sapevo proprio fare con le faccende domestiche!

Se anche aveva notato la sporcizia, Gattavius non diede segno di esserne infastidito—non ora che aveva ben altro a cui pensare. «Non finché quell'intrusa non se ne sarà andata» mi informò con un altro soffio. «Devo forse ricordarti che questa è casa MIA?»

«No, non è affatto necessario.» Era strano per me utilizzare il tono sussiegoso e ricercato che Gattavius prediligeva, ma spesso mi ascoltava con maggior attenzione quando lo facevo, e in quel momento avevo un disperato bisogno che capisse che tenere a freno la nonna era tanto difficile quanto tenere a freno lui. Entrambi erano talmente ostinati quando volevano qualcosa, che non avevamo altra scelta se non trovare un compromesso di qualche tipo sulla questione chihuahua.

Sospirai di nuovo: «Allora, stando a quanto hai dichiarato, sarà meglio che porti qui anche la lettiera. Torno fra poco.»

Mi rialzai in piedi e uscii dalla stanza, facendo attenzione a chiudere con cura la porta. Anche se non era mia intenzione intrappolare lì Gattavius, ero molto preoccupata all'idea di ciò che sarebbe potuto succedere se Cachemire si fosse spinta a entrare. Era grande sì e no la metà di lui, e neanche lontanamente aggressiva, questo era evidente.

Il tigrato, invece, sapeva essere aggressivo fino al midollo.

Trovai la nonna in cucina, intenta a sistemare una coppia di ciotole di ceramica con degli ossi per cani disegnati sopra, in un angolino proprio a sinistra della dispensa. «Mi dispiace per come si è comportato Gattavius» mormorai, cercando di ignorare il fatto che lo avrebbe turbato l'idea che le ciotole di Cachemire fossero tanto vicine alle sue scorte di Sheeba.

«Quel gatto è proprio cattivo» piagnucolò la chihuahua, strofinandosi il graffio ancora fresco sul naso.

«Non voleva farti del male. È solo che a volte è un po' scorbutico» dissi, rivolgendole quello che speravo fosse un sorriso rassicurante.

La cagnolina prese a saltare freneticamente, colpendomi le gambe con le zampette anteriori e scodinzolando tanto da ondeggiare con tutto il corpo mentre strillava: «Ehi! Ehi! Ehi! Hai appena parlato? Davvero sai parlare? Sei un'umana bravissima e molto intelligente!»

Mi chinai e la presi in braccio, e subito Cachemire prese a leccarmi il viso come se fosse ricoperto di salsa o grasso di pancetta, o qualche altro cibo delizioso. «Sì, parlo sia con gli animali che con gli umani» le spiegai. «Anche se non so perché. È così e basta. Ti va bene se ti parlo?»

Cachemire scodinzolava con così tanta forza da scuotere tutto il corpicino, poi iniziò a tremare. Non avrei saputo dire se le servisse un maglioncino o un ansiolitico. Continuò a rabbrividire mentre si lanciava in un monologo con la massima esaltazione: «Ho sempre desiderato degli umani tutti per me, e ora ne ho perfino uno che parla! Gli altri cani del rifugio non riusciranno a crederci! Quando verranno a farci visita? O, aspetta! Potrebbero trasferirsi qui anche loro. Questa casa è immensa, e ci sono tantissimi cani che hanno bisogno di essere adottati.»

Risi, contagiata dal suo entusiasmo, anche se l'idea di tutti quei poveri animali senza casa, rimasti al rifugio dopo l'improvvisa decisione della nonna di adottare Cachemire, mi stringeva il cuore. «Mi dispiace, Cachemire. Mi piacerebbe poter adottare tutti i tuoi amici, ma ho promesso di occuparmi del mio gatto nel miglior modo possibile, e lui sarebbe molto turbato se riempissimo la casa di cani.»

Non appena la riappoggiai a terra, Cachemire mi si accovacciò contro i piedi e mise il broncio: «È proprio un micetto cattivo.»

«Sì, un po', ma finirà per affezionarsi a te, te lo

prometto. E scommetto che anche tu imparerai a volergli bene. Gli serve solo un po' di tempo per abituarsi alla tua presenza. È un grosso cambiamento per lui.»

«È un grosso cambiamento anche per me.» La cagnolina iniziò a correre in ampi cerchi per indicare la gigantesca tenuta in cui viveva ora: «Al rifugio vivevo in una gabbia insieme ad altri due cani. Stavamo parecchio stretti. Per questo pensavo che avremmo potuto trovare una casa anche a loro.»

Tre cani per gabbia?

Era da tempo che non mi recavo al rifugio per animali di Glendale, ma in passato non c'erano mai stati problemi di sovraffollamento. Forse Cachemire era stata messa in una gabbia con altri due cani perché era di taglia molto piccola.

Già mi sentivo in colpa per non poter adottare altri animali, ma ora il pensiero di quelle povere creature rinchiuse in spazi tanto angusti mi faceva sentire ancora peggio. Avrei potuto fare un po' di volontariato o una piccola donazione, sia per aiutare quelle povere bestiole a stare un po' meglio, sia per alleggerirmi un po' la coscienza.

«Ehi» dissi, inginocchiandomi in modo da trovarmi più o meno alla stessa altezza di Cachemire. «Che ne diresti di venire con me, domani, e andare a trovare i tuoi amici al rifugio? Potrai salutarli, e io cercherò di capire se c'è qualcosa che possiamo fare per aiutarli a trovare una nuova casa.»

La cagnolina emise un urletto acuto e iniziò di nuovo a contorcersi come una forsennata: «Non mi lascerai là, vero?» guaì. «Perché la nonna ha detto che questa è casa mia, adesso.»

Poverina. Non c'era da meravigliarsi che la nonna ne fosse rimasta incantata al punto da portarsela a casa.

«Oh, piccolina, ti prometto che non lo farò. La nonna ha ragione: questa è anche casa tua ora, e niente potrà cambiare questo fatto.»

Cachemire si sollevò sulle zampe posteriori e mi appoggiò quelle anteriori sulle gambe: «Ti voglio bene, mammina» disse. «Questo è il giorno più bello della mia vita.»

Mi si sciolse il cuore a quelle parole. Ero quasi dovuta morire per mano di una psicopatica perché Gattavius ammettesse di volermi almeno un po' di bene. A Cachemire, invece, era bastata un'unica, breve conversazione per instaurare un profondo legame con me. Anche se adoravo il mio gatto, era bello essere apprezzata, anziché criticata.

Mmm. Forse non sono tipo da gatti tanto quanto credevo.

Ovviamente mi sentii subito in colpa anche solo per aver formulato quel pensiero. Era il nostro gatti-versario, in fin dei conti, e avevo promesso al mio signore felino una cenetta a base di gamberetti grigliati.

Era il momento di lasciare la nonna e Cachemire a festeggiare l'adozione per conto loro; io avrei fatto del mio meglio per facilitare un po' la vita al povero micetto offeso che mi aspettava in camera mia.

Chiusi gli occhi stringendoli forte ed espressi il desiderio che un giorno potessimo essere una grande famiglia felice. Non avevo candeline da spegnere e non era il compleanno di nessuno di noi, ma speravo che la magia dei desideri, a cui la nonna mi aveva insegnato a credere fin da bambina, venisse in nostro soccorso.

Ci sarebbe voluto un miracolo per far sì che quel testardo del mio gatto cambiasse idea e si affezionasse alla povera cagnolina tremante che aveva tanto bisogno di noi.

Recitai anche una breve preghiera, caso mai potesse servire.

In qualche maniera avremmo trovato il modo di convivere pacificamente tutti insieme.

Dopotutto, non avevamo altra scelta.

3

uando tornai in camera con i gamberetti grigliati e l'Evian per la nostra cenetta, trovai Gattavius seduto sul mio cuscino, intento a frustare l'aria con la coda con espressione pensierosa.

Non appena mi vide, si alzò in piedi e iniziò a camminare avanti e indietro sul letto: «Allora, sei riuscita a riportare la nonna alla ragione a proposito della sgraditissima mostruosità che ha osato far entrare in casa nostra? In casa *mia*?» Non si prese nemmeno la briga di guardarmi mentre parlava. Se lo avesse fatto, sono certa che il mio volto gli avrebbe rivelato tutto ciò che voleva sapere.

«Ehm, un pochino» provai a dire, sforzandomi di

non sospirare di nuovo. «Per lo più ho parlato con Cachemire, e lei è davvero felicissima di essere qui.»

Gattavius si fermò di colpo e mi fissò con sprezzo: «E io sarei davvero felicissimo se lei *non* fosse qui.»

Con un gemito, mi lasciai cadere sul letto accanto a lui: «So che i cambiamenti non sono facili da affrontare, ma—»

L'incontentabile tigrato sollevò una zampa e scosse il capo: «Non dire altro. Se non sei con me, allora sei *contro* di me. Pertanto...» Fece una pausa ed emise un profondo sospiro. «Ti auguro la buonanotte, Angela.»

Rimasi a guardarlo, impotente, mentre saltava giù dal letto e ci si rintanava sotto. «Ehi, anche io sono stata colta alla sprovvista da tutto questo» gli gridai dietro.

Ma Gattavius si rifiutò di rispondermi.

«Non possiamo semplicemente rimandarla da dove è venuta. Da quello che mi ha detto Cachemire, il rifugio è sovraffollato, e non è affatto bello che lei sia costretta a viverci, soprattutto quando c'è una famiglia che la vuole con sé. La *nostra* famiglia.»

Di nuovo, lui non disse niente.

«Non puoi ignorarmi in questo modo» sbuffai, lasciandomi cadere sul letto rassegnata. «Come faremo a risolvere i nostri casi se non ci rivolgiamo la parola?» chiesi, mentre esaminavo una macchia sul soffitto.

Gattavius non rispose, ed era probabilmente meglio così, almeno per quanto concerneva l'ultima domanda. La verità era che, anche se l'agenzia investigativa *La detective che parla con gli animali* era stata avviata ufficialmente da oltre una settimana, nessuno si era ancora rivolto a noi.

Se avessi potuto ricominciare tutto da capo, forse avrei rifiutato quel nome stravagante che mia madre e mia nonna ci avevano appioppato. A Blueberry Bay, dichiarare di essere in grado di parlare con gli animali era un modo per garantirsi che la gente ti ritenesse un pazzo, o quantomeno un impostore. E io non ero né l'una né l'altra cosa, grazie tante.

Forse se avessi creato un sito web o messo un annuncio, gli affari sarebbero andati un po' meglio. Charles, il mio ragazzo, si era già offerto di farci collaborare con lo studio legale, se lui o uno dei soci avessero avuto bisogno di aiuto con le indagini. Inizialmente avevo rifiutato: preferivo, infatti, riuscire nell'impresa o fallire solo con le mie forze. Ora, però, iniziavo a chiedermi se non fossi stata troppo sciocca, troppo orgogliosa. Se avessi potuto aiutare gli altri, fare ciò che mi piaceva davvero ed essere pagata per questo, che importanza avrebbe mai potuto avere il modo in cui fossero giunti a me i clienti?

«Possiamo discutere di questo, per favore?» implorai il felino ancora fumante di rabbia.

«Sai già qual è la mia posizione in merito. Quando deciderai di stare dalla mia parte, io deciderò di riprendere a parlare con te» borbottò Gattavius con quell'orribile tono di superiorità che detestavo.

«Bene, allora trascorri pure il nostro gattiversario da solo.» Anche se sapevo che non mi avrebbe risposto, mi precipitai fuori dalla stanza sbattendo la porta.

Detestavo lasciarlo da solo a quel modo, ma in quel momento, purtroppo, stare insieme causava più problemi di quanti non potesse risolverne. Forse, dopo una bella nottata di riposo, saremmo riusciti a riprendere il discorso in modo più proficuo.

Forse.

Ma fino ad allora, non avrei potuto sopportare altre discussioni.

Così gli lasciai acqua e cibo sul pavimento, andai a recuperare la lettiera, poi decisi che avrei trascorso la notte in una delle camere per gli ospiti, così che entrambi avessimo tempo di calmarci e riprendere il controllo. Quando mi fui sistemata, inviai un breve messaggio a Charles per dirgli di non passare da me quella sera, poi me ne andai a letto parecchie ore prima di quanto avessi progettato.

Con buona pace del gattiversario!

La mattina dopo mi svegliai riposata e molto meno irritata. Non appena uscii dalla mia camera da letto temporanea, Cachemire si precipitò da me e iniziò a leccarmi le caviglie, raccontandomi delle splendide avventure che aveva vissuto facendo il giro della tenuta con la nonna.

«Ci sono così tanti posticini perfetti per fare pipì! Tantissimi!» esclamò estasiata, mentre mi chinavo per farle i grattini fra quelle incantevoli orecchie fuori misura. «Adoro questo posto! È un vero paradiso per cani! Non riesco a credere che ora vivo qui! Amo la mia nuova vita! Vi adoro!»

Ridacchiai tra me e me, mentre lei schizzava via. Prese a correre in stretti cerchi, così in fretta che in breve era quasi senza fiato per lo sforzo. Quando infine rallentò e mi si avvicinò di nuovo, la lingua le penzolava da un lato della bocca e ansimava forte, ma mi rivolse lo stesso uno sguardo di totale venerazione.

«Sono felice che ti piaccia stare qui» le dissi. «Io e la nonna faremo tutto il possibile per far sì che ti piaccia ogni aspetto della tua nuova vita. In ogni caso, oggi vuoi ancora venire con me al rifugio per salutare i tuoi amici?»

«Oh, cielo! Oh, cielo! Oh, cielo! Sì, ti prego!» strillò la cagnolina, facendo un altro giro di corsa frenetica prima di tornare nuovamente da me.

Risi di nuovo. Sarebbe capitato spesso, ora che Cachemire era entrata nella mia vita. «Non credo che abbiano già aperto, ma fammi dare un'occhiata agli orari online, così controllo quando possiamo andare.»

Cachemire mi seguì su per le scale e verso la mia stanza—quella in cui un burbero tigrato, molto arrabbiato, se ne stava ancora ritirato in solitudine, a lamentarsi della sorte avversa.

«Ehm, scusami, ma Gattavius si arrabbierà se entri anche tu. Ti dispiacerebbe aspettarmi qui fuori? Prometto che tornerò prestissimo.»

La minuscola cagnolina tricolore si sedette in cima alle scale con il posteriore appoggiato a terra, agitando furiosamente la coda: «Farò la brava e aspetterò, perché è quello che mi hai detto di fare!»

Beh, era una risposta completamente diversa da quelle che avrei mai potuto ricevere da Gattavius. Oh, qualsiasi proprietario di animali avrebbe potuto abituarsi facilmente a tanta obbedienza e dimostrazione d'affetto. Mi sforzai di togliermi dalla faccia il sorriso che mi andava da un orecchio all'altro ed entrai silenziosamente nella prigione in cui il mio gatto aveva deciso di rinchiudersi.

«Octavius?» lo chiamai, usando il suo vero nome, proprio come piaceva a lui, nella speranza che ciò mi facesse guadagnare qualche punto ai suoi occhi—cosa di cui avevo un disperato bisogno. «Sei qui dentro?»

«Ovviamente sono qui dentro, Angela» ringhiò da sotto il letto. «Ma il mio olfatto mi dice che c'è quel cane, lì fuori.»

«Oh, Cachemire? Non entrerà. Le ho detto—»

In quell'istante la porta si spalancò e un'esuberantissima Cachemire si fiondò nella stanza, andando a infilarsi dritta sotto il letto: «Ho sentito che mi hai chiamata. Sono una brava cagnolina. Sono venuta subito!» mi disse mentre mi superava, alla ricerca del suo coinquilino felino.

«Tradimento!» sbraitò Gattavius, sfrecciandomi davanti e precipitandosi giù per le scale in un turbinio di pelo e lesa maestà. «Tradimento supremo!»

Sentii fin da lassù il rumore della gattaiola elettronica che si apriva nell'ingresso.

Se non altro, Cachemire non lo aveva inseguito. Invece, se ne stava tutta orgogliosa accanto ai miei piedi, tamburellando ritmicamente con la codina nera sulle assi del pavimento: «Sono stata brava, mammina?» mi chiese.

Non ebbi il coraggio di dirle di no. «Sì, sei stata brava» la rassicurai. «Ma la prossima volta, aspetta finché non dico *vieni*. Pensi di riuscirci?»

«Sì, mammina. Certo che sì! Sei la mia migliore amica, e ti voglio un mondo di bene!» Detto questo, iniziò a leccarmi le dita dei piedi e non smise per almeno tre minuti interi.

Ok, lo ammetto. Iniziavo a trovare *un tantino* fastidioso tutto quell'entusiasmo...

4

o e Cachemire ci recammo al rifugio per animali di Glendale verso l'ora di pranzo. Appena arrivate, venimmo salutate da una signora anzianotta e cicciottella che ci accolse da dietro una malconcia scrivania di quercia situata in un angolo dell'ingresso.

«Benvenute! Benvenute!» trillò. Poi, rivolgendo un'occhiata a Cachemire, si schiarì la gola, scrisse qualche appunto e disse: «Ehi, ti ho riconosciuta, piccoletta. Non la sta riportando indietro, vero? Qualcosa non è andato per il verso giusto a casa?»

Cachemire corse a rifugiarsi dietro le mie gambe, tremando violentemente. Come avevo intuito, era il suo modo di reagire a tutto ciò che la turbava o la emozionava troppo.

«No, certo che no!» assicurai a entrambe. «Siamo qui solo per una visitina. C'è qualcuno con cui potrei parlare per offrirmi di dare una mano?»

L'espressione del volto della donna si illuminò a quelle parole: «Oh, ma che gentile! Sì, sì, lasci che la accompagni dal nostro Coordinatore delle relazioni con il pubblico, in modo che possiate discuterne.»

Annuii e la seguii attraverso una serie di doppie porte che conducevano nel cuore del rifugio.

Cachemire camminava impettita al mio fianco, fermandosi spesso ad annusare l'aria o premendo il nasino fremente sul pavimento: «Ha esattamente lo stesso odore che aveva ieri» commentò. «Riesci a crederci, mammina?»

Non stentavo a crederci, in effetti, ma decisi di non dire nulla che potesse smorzare il suo entusiasmo. Invece, rimasi in silenzio mentre la nostra guida ci conduceva attraverso una stanza lunga e stretta in cui, lungo ogni parete, erano disposte gabbie fino al soffitto. In molte di esse c'erano più cani, proprio come mi aveva detto Cachemire la sera prima.

«Ehi, chihuahua! Che ci fai di nuovo in questo posto orribile?» ci gridò dietro un labrador nero non di razza; poi spinse il muso fra le sbarre metalliche della gabbia e iniziò a guaire.

«Ah, ah. Solo una visitina!» strillò allegramente

Cachemire. «Ho due nuove umane. Questa qui sa perfino parlare» aggiunse, riferendosi a me, mentre continuavamo a seguire la volontaria sempre più nel cuore del rifugio.

«Questo sa parlare?» chiese un cagnetto dal pelo lungo con una vocina acuta. «Davvero?»

«Sì, *davvero*. Ed è una femmina, quindi usa il femminile. È buona educazione.» Detto ciò, Cachemire prese a darmi dei colpetti sulla gamba con il nasino freddo: «Ehi, mammina. Di' qualcosa ai nostri amici!»

Tossicchiai e la fissai a occhi sgranati, facendo un lieve cenno di diniego con la testa, che speravo comprendesse. Era appena arrivata da noi e non aveva ancora capito che non potevo fare sfoggio della mia capacità speciale davanti a persone che non conoscevo. Quando avessimo avuto un po' di privacy, avrei dovuto spiegarle come stavano le cose. Speravo che l'inaspettata ritrosia a mostrare il mio trucchetto agli altri cani del rifugio non l'avesse messa troppo in imbarazzo.

«Siamo arrivate» disse allegramente la nostra guida, traendomi in salvo dall'espressione delusa dipintasi sul muso della mia dolce cagnolina. «Il signor Leavitt è nel suo ufficio. Dovrà solo bussare a quella porta.»

«Grazie» dissi, porgendo la mano alla donna per stringere la sua.

«Io sono Pearl» disse lei con un sorriso amichevole. «Sono lieta di aiutarla come posso. Mi troverà all'ingresso, se dovesse avere qualche domanda prima di andare via. Buona fortuna!»

La guardai schizzare via, confusa dal fatto che mi avesse augurato buona fortuna. Posti come quello non avevano sempre bisogno di più volontari possibile?

I cani alle nostre spalle iniziarono ad abbaiare forte. Cercai di capire cosa dicessero, ma troppe voci si sovrapponevano perché riuscissi a comprenderne le parole. All'improvviso mi sentii terribilmente in ansia, mentre sollevavo la mano per bussare alla porta dell'ufficio davanti a me.

«Avanti» disse una voce—presumibilmente quella del signor Leavitt.

Presi in braccio Cachemire e aprii la porta. Proprio in quel momento le luci al neon presero a sfarfallare, poi si spensero. La stanza con le gabbie si fece buia e silenziosa, ma il piccolo ufficio era ancora ben illuminato dalla luce del sole che si riversava da una lunga fila di finestre sulla parete di fondo.

«Salve» dissi timidamente. «Se è un brutto momento, posso tornare più tardi.»

L'uomo dietro la scrivania mi lanciò un'occhiata e mi rivolse un sorriso di benvenuto. Fatto sconcertante, sembrava avere all'incirca la mia età—sui trent'anni, poco più o poco meno. Per qualche motivo, mi sarei aspettata qualcuno di decisamente più anziano. Forse perché la volontaria dai capelli grigi lo aveva definito 'signore'.

Si alzò in piedi e tese una mano nella mia direzione: «Dice per le luci? No, succede di continuo. Entri, si accomodi e mi dica cosa posso fare per lei.» I suoi occhi azzurri scintillarono mentre ci stringevamo la mano, e potrei giurare di aver percepito una minuscola scossetta trasmettersi dalla sua pelle alla mia.

Non lo trovavo particolarmente attraente, ma aveva un che di irrimediabilmente affascinante. Ero certa che non avrebbe faticato a far carriera e soldi a palate a Hollywood, o in un consiglio d'amministrazione. Sarebbe stato perfetto per ricoprire qualsiasi ruolo che avesse richiesto e premiato il carisma.

«Mi piace questo tipo» disse Cachemire, accoccolata sul mio grembo, dopo che mi fui accomodata su una delle sedie imbottite di fronte alla scrivania del signor Leavitt. «A volte giocava con noi. Portava un sacco di gente a farci visita. A volte anche loro giocavano con noi.»

Anziché risponderle, le diedi dei colpetti affettuosi sulla testolina. Continuando a tenere la mano appoggiata su di lei, rivolsi l'attenzione all'altro essere umano presente nella stanza: «Come può vedere, io e mia nonna abbiamo adottato questa piccolina qui al rifugio. E, ecco, siamo così felici di averla con noi, che vorrei ripagarvi in qualche modo.»

Il signor Leavitt annuì e incrociò le braccia sulla scrivania davanti a sé: «Ripagarci? In che modo?»

«Vi servono volontari? Ci so fare con gli animali.» Era un'affermazione decisamente riduttiva, ma non potevo assolutamente rivelare le mie capacità segrete a quell'uomo.

«È molto gentile da parte sua, signorina...?» Fece una pausa e mi rivolse un sorriso disarmante.

«Russo» risposi, detestando la sensazione di calore che mi era salita alle guance. «Angie Russo. Piacere di conoscerla.»

Lui ammiccò e si appoggiò allo schienale della sedia, rimettendomi a mio agio: «Come stavo dicendo, è molto gentile da parte sua voler dare una mano. Avrà notato che il rifugio è un po' sovraffollato al momento.»

Annuii di nuovo: «Sì, è per questo che pensavo di poter rendermi utile.»

Le luci presero a sfarfallare di nuovo, illuminando

una piccola lampada sul bordo della scrivania del signor Leavitt. Lui la osservò per qualche istante, poi aggrottò la fronte, pensieroso: «Siamo già sovraffollati anche di volontari, oltre che di animali. Ma temo che questo non basti.»

Il cuore mi si inabissò fino al pavimento di linoleum: «Va tutto bene?» bisbigliai. Avrei voluto che la sensibile cagnolina che avevo in grembo non fosse costretta ad ascoltare il seguito di quella conversazione.

Il signor Leavitt mi rivolse un sorriso ancora più ampio di prima: «Ma certo che va tutto bene. Almeno per ora. Giusto qualche temporanea difficoltà, se vogliamo dire così. Sa, attualmente abbiamo molti animali, e anche personale a sufficienza, ma non molta liquidità. Questo comporta qualche difficoltà nella copertura delle spese, ma ce la caveremo. Ci riusciamo sempre.»

Avevo appena ricevuto un cortese rifiuto? Per qualche motivo il signor Leavitt aveva deciso che il mio aiuto non fosse necessario? Quel pensiero mi irritò e mi fece sentire il bisogno disperato di contribuire in ogni modo possibile.

«Sono lieta di sentirglielo dire, ma vorrei comunque fare qualcosa per voi» ribattei, sfoderando il sorriso più tranquillizzante di cui ero capace. «Forse una donazione sarebbe più adatta, ora come ora?»

Lui scosse il capo e sospirò: «Oh, no, no, no. Non deve sentirsi obbligata. Non era mia intenzione—»

Ridacchiai, mentre rovistavo nella borsa in cerca del libretto degli assegni. Il signor Leavitt era chiaramente un uomo orgoglioso, ma quello era un rifugio pubblico e io facevo parte della comunità in cui si trovava. Era mio dovere morale nei confronti degli animali fare la mia parte affinché avessero cibo e acqua a sufficienza e un tetto sopra la testa. «So che non era sua intenzione, ma ormai sono qui e voglio dare un contributo» dissi, stringendomi nelle spalle.

«Beh, se insiste sarebbe scorretto da parte mia rifiutare. La ringrazio di cuore per l'aiuto che offre a questi meravigliosi animali.»

Il signor Leavitt mi fornì le informazioni necessarie per compilare l'assegno, poi lo accettò con grandi esternazioni di gratitudine: «Lei è davvero una brava persona, Angie Russo. Questa piccolina è stata molto fortunata a trovare una nuova famiglia proprio con lei» disse, facendo i grattini sulla testa alla cagnolina.

Per una volta non avevo niente da ridire: Cachemire era fortunata ad avere noi al suo fianco. Ne ero più sicura che mai, dopo aver visto con i miei occhi quale fosse l'alternativa. Se solo avessi potuto fare di più per aiutare gli animali che non avevano ancora trovato una nuova casa...

5

opo aver compilato l'assegno, il signor Leavitt mi fece fare un giro del rifugio, illustrandomi in che modo la mia donazione avrebbe aiutato gli animali che ci vivevano. Quel pomeriggio me ne andai con mille dollari in meno in tasca, ma sentendomi estremamente felice e soddisfatta.

Era bello usare il mio denaro per fare del bene. Non che non fosse grandioso mantenere Gattavius ben fornito dell'acqua di lusso, del cibo gourmet e delle tecnologie Apple di ultima generazione che il suo cuoricino gattoso desiderava; ma questa volta avevo aiutato decine di animali in difficoltà, anziché soddisfare i capricci di un solo animale viziato e super-coccolato.

Per l'intero tragitto di ritorno non riuscii a smettere di sorridere.

Mentre guidavo, io e Cachemire facemmo una chiacchierata su cosa era opportuno fare o meno davanti ad altre persone.

«Quindi non puoi parlare con gli animali in presenza di altri umani?» riassunse la chihuahua, in precario equilibrio sull'apposito seggiolino sistemato sul sedile del passeggero.

«Bingo!» canticchiai con un ampio sorriso di conferma. Poi aggiunsi: «A meno che, ovviamente, si tratti della nonna, di Charles o di qualcuno con cui siamo molto in confidenza. Capito?»

«Capito» abbaiò lei, prendendosi un momento per guardarmi con espressione adorante prima di appoggiare le zampe anteriori sul bordo del finestrino abbassato, crogiolandosi nella brezza fresca che entrava nel minuscolo veicolo.

A casa trovammo la nonna intenta ad ascoltare canzoni tratte da un musical, mentre ricopriva un'alta torta a strati con una gran quantità di panna rosa chiaro. «È la colonna sonora di Hamilton?» chiesi, trattenendo una risata quando mi avvicinai abbastanza da sentire la mia nonnina ultrasettantenne rappare sulla nascita del nostro paese.

«Quel Lin Manuel Miranda è così talentuoso, e

anche così carino! Se avessi trentacinque anni in meno, o lui ne avesse trentacinque in più, avrei una mezza idea di strappargli i vestiti e—»

Mi tappai in fretta e furia le orecchie con le dita per non sentire il resto della frase: «Nonna! Non voglio saperne assolutamente niente!»

Lei ridacchiò e scosse il capo: «Ehi, sarò anche vecchia, ma non sono ancora morta!»

Mi limitai ad abbracciarla e cambiare argomento: «Sì, ehm, giusto. In ogni caso... Gattavius si è mica fatto vedere di oggi?»

La nonna si strinse nelle spalle mentre continuava a decorare la torreggiante torta color chewing gum: «No, non mi pare. Com'è andata al rifugio?»

Il ricordo di quei poveri animali imprigionati, seduti nelle gabbie al buio, mi attraversò la mente, facendomi sospirare: «Ho fatto una donazione, ma vorrei che ci fosse qualcos'altro che possiamo fare per renderci utili. Il rifugio è sovraffollato, ed è perfino saltata la corrente durante la visita.»

«Ma non mi dire!» commentò la nonna, mordendosi il labbro, poi girando la torta davanti a sé per accertarsi di averla decorata bene da ogni parte.

«Vorrei che non fosse così» ammisi. «Ma come mai hai deciso di andarci ieri? Sapevi che erano in difficoltà quando hai deciso di adottare Cachemire?»

La nonna si tolse il grembiule e si lavò le mani nel lavello della cucina, poi le asciugò con un canovaccio ricamato. «Certo che no, e per lo meno non è andata via la corrente mentre ero lì, ma ho notato che hanno molti più cani che gabbie in cui tenerli.»

«Allora cosa ti ha spinta a decidere di adottare un cane?»

La nonna si prese un momento per riflettere in silenzio, e io ne approfittai per prendere un cucchiaio dal cassetto e rubare una cucchiaiata di panna da assaggiare.

La nonna alzò scherzosamente gli occhi al cielo e mi seguì in soggiorno, dove entrambe ci accomodammo nei nostri posticini preferiti, in quella grande stanza piena di scomodi mobili antichi. «Non lo avevo mica deciso» mi rivelò quando entrambe ci fummo sedute. «L'ho fatto e basta.»

«Già, è proprio da te» dissi con una risatina. Volevo un mondo di bene alla nonna, ma non si poteva negare che lei prima agiva, poi – eventualmente – pensava. «Beh, Cachemire è stata un'ottima scelta. È davvero dolcissima.»

«Ovvio che ho scelto bene. E, sì, lo è davvero.» La nonna fece una risatina da madre orgogliosa. «Avevi dubbi in proposito?»

«Niente affatto.»

Ci preparammo un tè, poi discutemmo un po' dei rispettivi progetti per la settimana. La nonna si stava dando un gran daffare a creare nuove ricette per il suo libro, che sarebbe uscito presto. Non si trattava di un libro di cucina, bensì di un'autobiografia, arricchita con una mezza dozzina delle sue ricette preferite, inventate da lei. Stava anche lavorando a un progetto artistico super-segreto, che pensava di utilizzare come copertina per il libro, ma non ero autorizzata a vederlo prima che lo avesse completato.

La mia idea originaria, invece, era darmi da fare per rimediare qualche cliente per l'agenzia investigativa appena avviata, ma al momento sembrava che avrei dovuto trascorrere ogni ora di veglia a fare da mediatrice fra i nostri animali domestici affinché imparassero a convivere in armonia.

«Ti andrebbe un bel piatto di pasta con pollo alla parmigiana per cena?» mi chiese la nonna lanciando una rapida occhiata al suo Apple Watch nuovo. L'entusiasmo di Gattavius per gli accessori high-tech aveva contagiato anche noi. «Abbiamo ancora un paio d'ore, ma non sarebbe una cattiva idea lasciar scongelare un po' la carne.»

Da buona americana di origini per metà italiane, non dicevo mai di no a un buon piatto di pasta; inoltre, tutto ciò che la nonna preparava aveva un sapore paradisiaco per le mie inesperte papille gustative. «Sai che adoro la tua pasta con pollo alla parmigiana» risposi senza esitazioni, stirando le braccia sopra la testa e sospirando soddisfatta in previsione di quella deliziosa cenetta.

Un terribile schianto seguito dal rumore di qualcosa di fragile che va in pezzi cadendo a terra, ci fece scattare in piedi dallo spavento.

«Cos'è stato?» gridò la nonna.

«Sembrava provenire dalla cucina. Andiamo a vedere!»

Entrambe ci affrettammo a entrare in cucina, dove trovammo la piccola Cachemire intenta ad annusare un mucchietto di ceramica rotta: no, la Lenox no! Questo sì che era terribile!

«Era una delle tazze da tè del servizio appartenuto a Ethel a cui Gattavius tiene tanto?» gridai. Sentivo già il morso di un terribile mal di testa che mi ghermiva le tempie.

La nonna si chinò a raccogliere uno dei cocci: «A giudicare dal motivo floreale intorno al bordo, direi di sì. Sì, è proprio una di quelle.»

«Sei stata tu, Cachemire?» chiesi, dopo essermi inginocchiata per parlare con la cagnolina. «L'hai buttata giù per sbaglio?»

«Assolutamente no. Non lo farei mai!» abbaiò lei,

scuotendo affettuosamente la coda. «Non romperei mai gli oggetti della mamma o della nonna.»

Le credetti. Non soltanto perché sapevo che voleva che entrambe fossimo felici, ma anche perché non mi sembrava possibile che fosse riuscita a saltare sul bancone della cucina, spingere giù la tazza e poi saltare nuovamente a terra senza farsi male.

«Credi che Gattavius possa averla rotta in segno di protesta?» mi chiese la nonna, scuotendo la testa per lo sconforto.

«È il genere di cose che potrebbe fare, ma è rinchiuso in camera mia da tutto il giorno, ricordi?»

La nonna si grattò la testa: «Sei sicura di non aver lasciato una finestra aperta o qualcosa del genere?»

«Sì, abbastanza» dissi, anche se in quel momento non ero più sicura di niente, almeno per quel che riguardava Gattavius. «Ma andiamo a controllare se è ancora lì.»

«Posso venire anch'io?» chiese Cachemire, che ci seguiva tutta eccitata.

«No, lui non—» iniziai a dire, ma poi mi corressi rapidamente. «Sai che ti dico, Cachemire? Sì. Vieni pure.»

«Oh, gioia di tutte le gioie!» canticchiò la chihuahua, percorrendo le due rampe di scale alla massima velocità che le corte zampette le consentivano.

«Ti rendi conto che Gattavius si infurierà con te per questo?» puntualizzò la nonna con un sorriso birichino.

Feci spallucce: «Sì, beh, magari anch'io sono infuriata con lui» mormorai. Poi trassi un profondo respiro e aprii la porta.

6

Trovammo Gattavius seduto in un angolo del mio letto, intento a fissare nel vuoto con aria infelice. Un turbine di peli striati danzava nella luce del sole che filtrava dalla finestra vicina. La sola vista di quella scena mi diede l'impulso di starnutire... e così feci.

«Perché tutto questo rumore?» gemette il mio gatto in risposta al mio potente *eccì*, voltandosi verso di me con un ghigno sul muso aggrottato.

«Amico gatto!» strillò Cachemire correndo verso il letto e spiccando un grande balzo verso l'alto. Ma tutta quell'energia non fu sufficiente a far arrivare il suo corpicino sul materasso, e la cagnolina sbatté con forza la testa contro il lato del letto.

La decisione di Gattavius di assestarle un colpo

d'artigli non fu certo d'aiuto: «Ehi, tu, nullità! Chiariamo subito una cosa: io non sono tuo amico» sibilò, flettendo gli artigli, pronto a colpire di nuovo la cagnolina imprudente.

«Ora basta, voi due!» La nonna attraversò la stanza di corsa e afferrò un animale con ciascuna mano. «Smettetela di litigare. Dopotutto, ora siamo una famiglia.»

Cachemire si allungò per coprire la breve distanza che la separava da Gattavius, abbaiando felice e gridando: «Fratellone, fratellone, fratellone!»

Gattavius miagolò come se fosse indemoniato, dibattendosi furiosamente finché non riuscì a liberarsi dalla presa della nonna.

E io? Io non riuscivo a smettere di ridere, con l'unico effetto di rendere il mio gatto ancora più furioso con tutte noi: «Perché siete venute a infastidirmi?» gemette. «Andatevene!»

«Ci chiedevamo se sapessi qualcosa su ciò che è successo in cucina.» Lo osservai attentamente, in attesa di una reazione.

Ma se anche sapeva qualcosa, Gattavius non lo diede a vedere. Il suo muso rimase una maschera indecifrabile—almeno così sembrava dietro allo spesso strato di disprezzo. «Cos'è successo in cucina?» chiese, con uno sbadiglio che odorava per due terzi di Sheeba e per un terzo di sederino di gatto.

Oh, cielo.

Forse non lo sapeva davvero. Forse stavo per spezzare di nuovo il suo povero cuoricino già addolorato. Ripensai alla prima volta in cui una delle tazze del servizio di Ethel si era rotta, alla sua cupa disperazione e al commovente funerale che ne era seguito.

«Hai intenzione di dirgli della tazza rotta o devo farlo io?» mi chiese la nonna sollevando un sopracciglio.

Con buona pace del procedere con tatto.

«Quale tazza rotta?» chiese il tigrato con un violento sussulto, faticando a tirar fuori ogni parola e con voce gracchiante, come se gli mancasse l'aria.

«Mi dispiace molto» dissi; ed era vero. «Era una delle tazze di Ethel. Eravamo tutti in soggiorno, quando—»

«Basta così» gridò lui, voltandosi verso di me così rapidamente che, senza nemmeno pensarci, feci un passo indietro. «È stato il cane, e tu lo sai!»

Scossi il capo, senza riuscire a staccare gli occhi dal felino furibondo: «Lo pensavamo anche noi, all'inizio, ma lei non riesce a salire sul bancone della cucina.»

Cachemire guaì: «Mi dispiace per la tua tazza, fratellone!»

«Beh, non è poi molto più grande di un topo» disse Gattavius a denti stretti. «Non dovrebbe essere così difficile spezzarle il collo.»

«Sei un gatto davvero cattivo!» strillai. «Come osi dire una cosa del genere di tua sorella?»

«Lei non fa parte della mia famiglia, e non lo farà mai. Ora uscite da qui, per il suo bene... e anche per il tuo.»

Cachemire iniziò a guaire così forte da spaccare i timpani, e non dava cenno di voler smettere.

«Qui, qui, piccolina» le disse la nonna con dolcezza, mentre io fissavo il mio crudele compagno felino. Una cosa era essere arrabbiati, ma una minaccia tanto violenta era un'altra storia.

«Smettila di guardarmi a quel modo» disse con voce stridula, dando una poderosa frustata all'aria con la coda. «Sei stata tu a forzarmi la zampa, e poi non vedi che sono in lutto per la mia povera, amata tazza da tè?»

Nessuno fiatò; restammo tutti immobili nella mia stanza, in un silenzio impacciato. Se non altro, Cachemire aveva smesso di uggiolare.

«Uscite da qui! Andate via! Lasciatemi in pace!» gridò infine il tigrato sconvolto.

Sapevo che era molto turbato, ma ancora non riuscivo a credere che fosse passato così in fretta dalla semplice irritazione alle minacce di morte. In momenti come quello mi chiedevo se la mia vita fosse davvero migliore da quando c'era lui. Ovviamente sapevo che era un pensiero sciocco, e che cacciare faceva parte degli istinti naturali dei gatti, e tuttavia... Come faceva a parlarne con tanto sangue freddo?

«Va bene, ce ne andiamo» borbottai, poi feci strada alla nonna e a Cachemire fuori dalla camera. «Spero che sarai un po' più amichevole la prossima volta che ci vedremo.»

«Beh, non è andata esattamente come speravamo» mi bisbigliò all'orecchio la nonna, dopo che ci fummo richiuse la porta alle spalle.

«Proprio no.»

Scendemmo le scale una a fianco all'altra.

La nonna teneva in braccio Cachemire, proprio come se fosse un bimbo. «Ora che si fa?» chiese.

«A quanto pare, ci toccherà espandere il cimitero per tazze nel giardino sul retro. A parte questo, non saprei. Sappiamo bene che può serbare rancore a lungo, e sappiamo anche che Cachemire non va da nessuna parte. Suppongo che l'unica cosa da fare sia aspettare che le cose si sistemino da sé. E magari tenere d'occhio la piccoletta, nel frattempo.» Non riferii alla nonna le minacce di Gattavius. Non avevo alcuna intenzione di farlo.

Ora lei mormorava fra sé, come se stesse pensando a cosa potevamo fare. Dopo qualche istante, il volto le si illuminò, e disse: «Può darsi che sia l'unica cosa da fare per questo specifico problema, ma abbiamo anche altre gatte da pelare... Santo cielo, che espressione terribile, soprattutto alla luce degli eventi recenti. Quello che voglio dire è che abbiamo vari problemi da risolvere.»

«Ti riferisci al rifugio?» chiesi. Mi si spezzò la voce sulla prima sillaba di quell'ultima parola.

La nonna annuì: «Sei stata tu a dirmi che hanno un disperato bisogno di aiuto, e si dà il caso che mi siano rimasti un po' di soldi dalla vendita della mia vecchia casa. Forse è giunto il momento che anch'io faccia una donazione.»

Aveva ragione. Effettuare una donazione mi aveva fatta sentire molto meglio il giorno precedente, e se non altro, diversamente da Gattavius, il rifugio non rifiutava di farsi aiutare. «*Mmm*, fino a quando sono aperti? Ormai è quasi ora di cena.»

Ma la nonna non si scoraggiò: «Ci faccio un salto subito, giusto per fare un tentativo» disse. «Se sono già chiusi, tornerò domattina per prima cosa.»

Mi fermai e le appoggiai un braccio sulla spalla

prima che avesse il tempo di scendere la maestosa scalinata che portava al piano principale: «Oh no, non se ne parla! Non ti lascerò di certo andare da sola. Hai già dimenticato cos'è successo l'ultima volta che ci sei andata senza che ci fossi io a tenerti d'occhio?»

«Certo che no» disse lei con un sorrisetto malizioso, sollevando Cachemire all'altezza del viso e dandole un bacio sul nasino. «Ma è andata poi così male? Voglio dire, guarda che cucciolina tenera!»

«Dipende a chi lo domandi» risposi, facendo un cenno verso la mia stanza, con un sospiro tormentato.

«Torno subito» mi informò la nonna, allontanandosi lungo il corridoio, diretta alla propria stanza. «Mi serve un rapido cambio d'abito.»

Quando mi raggiunse pochi minuti dopo al piano terra, indossava una maglietta fucsia con la scritta *Dog Mom* sul petto. Entrambe le *O* erano a forma di impronta di cane.

«Quando hai avuto il tempo di comprartela?» chiesi, ridacchiando.

«Spedizione rapida, tesoro» fu la sua risposta, mentre frugava nell'armadio dei cappotti e ne estraeva un guinzaglio dello stesso rosa per Cachemire e un collare...

«Un collare borchiato? Per una chihuahua che peserà sì e no due chili? Ma sul serio?»

Risi di cuore. Non mi sorprendevo mai delle bizzarrie della nonna, ma ciò non significava che non fossero esilaranti.

La nonna si accovacciò e si diede dei colpetti sul grembo. «Beh, perché no?» borbottò mentre cercava di stringere il collare in modo che calzasse comodamente al minuscolo collo di Cachemire. «Per quel che ne sappiamo, in questo corpicino batte il cuore di una guerriera.»

Le feci una pernacchia: «Beh, io posso parlare con lei. Ricordi?»

«Sono una guerriera!» esclamò entusiasta la cagnolina, compiaciuta da tutte quelle attenzioni. «Sono un cane grande e coraggioso!»

Non potei fare altro che scuotere il capo. Era evidente che quelle due erano fatte l'una per l'altra, ed ero molto felice per loro.

7

Mi sentivo un tantino fuori luogo, dato che la nonna e la sua amica a quattro zampe erano agghindate con abiti e accessori di una vivacissima tonalità di rosa, mentre io indossavo una camicetta nera a pois e una gonnellina gialla a ruota. Appena prima di uscire, la nonna aveva deciso di abbinare alla T-shirt delle scarpe argentate con tacco basso aperte sul tallone, mentre io avevo optato per i miei adorati anfibi malconci. Come sempre, eravamo un'accoppiata interessante. Se ci aggiungevamo il chihuahua, sembravamo pronte per una sfilata, o almeno per un reality show.

Giungemmo al rifugio poco prima delle diciotto e venimmo accolte dalla porta chiusa.

«Accidenti!» mormorai, armeggiando con la maniglia, giusto per accertarmi che non ci fosse davvero modo di entrare.

Mi voltai verso la nonna appena in tempo per vederla chinarsi e avanzare furtiva lungo il lato dell'edificio, per poi sparire alla vista.

«Che cosa stai facendo?» gridai a bassa voce, inseguendola.

«Che domande. Sto cercando un modo alternativo per entrare, mi sembra ovvio» disse lei, ticchettando con una delle lunghe unghie contro la finestra, poi voltandosi verso di me con un sorrisetto diabolico.

«Questo non è uno dei film di spionaggio che ti piacciono tanto, nonna. Possiamo semplicemente tornare domani. Non c'è bisogno di intrufolarsi. Ora andiamocene» sibilai, dandole uno strattone nel tentativo di riportarla al parcheggio.

La nonna si liberò dalla mia presa, si portò un dito alle labbra e si acquattò a terra, facendomi cenno di abbassarmi a mia volta: «Aspetta. C'è qualcuno lì dentro.»

Gettando il buon senso alle ortiche, feci come mi aveva detto.

Entrambe sbirciammo cautamente oltre il davanzale di mattoni, spiando attraverso la finestra. All'interno, una donna bionda scartabellava un'alta pila di documenti. Borbottava qualcosa fra sé, ma non riuscii a decifrare le parole.

La nonna mi diede un pizzicotto: «Hai visto? Sapevo che c'era sotto qualcosa!»

Come no. Aveva semplicemente avuto un colpo di fortuna, come tutte le altre volte in cui le veniva voglia di avventure. In quel periodo, la nonna non veniva mai delusa, quando si trattava di scoprire crimini e loschi segreti nella nostra tranquilla cittadina.

Entrambe restammo a osservare la bionda, che estrasse un foglio dalla pila e, con mani tremanti, lo infilò nel tritadocumenti sulla scrivania. Per un breve istante, alzò lo sguardo, come se si fosse accorta che qualcuno – o più precisamente *qualche due* – la stesse osservando; poi imprecò a bassa voce e sparì rapidamente alla vista.

«Andiamo» disse la nonna, camminando accovacciata verso la finestra accanto.

La seguii goffamente, mentre Cachemire mi trotterellava a fianco. Che bella banda di spie giulive eravamo. Da morir dal ridere!

Non riuscimmo a vedere nuovamente la ragazza finché non raggiungemmo l'angolo dell'edificio. Era in una stanza che riconobbi con facilità: l'ufficio del signor Leavitt. La vedemmo aprire il cassetto in basso a sinistra della scrivania e ficcarci dentro i documenti rimasti, guardarsi rapidamente intorno, poi correre via.

«Accidenti! Se ne sta andando?» chiesi, senza fiato per l'emozione della scoperta e la faticaccia di dover camminare accovacciata. «Vedrà la nostra auto nel parcheggiò e capirà che c'è qualcuno.»

«Hai ragione!» La nonna si alzò di scatto e tornò di corsa all'ingresso principale, battendo la ragazza bionda di trenta secondi buoni.

Se la giovane fu sorpresa nel vederci in attesa davanti alla porta, riuscì a nasconderlo perfettamente: «Salve. Posso esservi d'aiuto?» chiese.

«Sì, cara. Direi proprio di sì» rispose la nonna con la sua proverbiale vocina da vecchietta, che sfoderava quando voleva apparire fragile o bisognosa d'aiuto. «Sono venuta qui per fare una donazione, ma temo di non trovarmi nel posto giusto. Sa dirmi se questo è il rifugio per animali di Glendale?»

La bionda sorrise, con un'espressione di apparente sollievo: «Sì, è proprio questo, ma temo proprio che siamo chiusi al momento.»

«Oh, caspiterina» disse la nonna, con un tono un

po' troppo garrulo rispetto alle parole che aveva usato. «Ecco, ben mi sta per essermi appisolata.»

«Va tutto bene» disse la giovane, rivolgendole un sorriso rassicurante. «Riapriremo domattina alle otto. Oppure, se preferisce, può lasciare a me l'assegno, e domani mi accerterò di consegnarlo a chi di dovere.»

«Ah, che il cielo la benedica, mia cara» disse la nonna con un sorriso magnanimo. «Sarebbe magnifico. Potrei sapere il suo nome? Vorrei poter raccontare ai miei follower su Facebook quanto mi è stata d'aiuto stasera.»

«Mi chiamo Trish» si presentò la ragazza con una risata. «E la ringrazio di cuore. Abbiamo sempre bisogno di volontari e donazioni.»

«Bene, Trish.» La nonna tirò fuori dalla borsa il libretto degli assegni. «Non è molto, perché devo accontentarmi di una modesta pensione, ma spero di esservi comunque d'aiuto.»

«Ogni cifra, anche piccola, è importante. Mi creda. Io, purtroppo, non ho neanche un centesimo da donare, perciò faccio la volontaria» spiegò Trish, spostando il peso da un piede all'altro.

«Sono molto fortunati ad avere lei» dissi, quando vidi che la nonna non rispondeva.

Io e la ragazza ci fissammo in silenzio mentre la

nonna compilava un assegno da cento dollari e lo staccava dal libretto con gesto plateale.

«A nome degli animali, la ringrazio moltissimo per la sua generosità» disse Trish, stringendosi l'assegno al cuore.

«Oh, non è niente di che» rispose la nonna con un cenno sbrigativo. «Vorrei poter fare di più.»

«Ogni donazione fa un'immensa differenza!» Trish piegò l'assegno a metà e se lo infilò in tasca. «Mi accerterò che venga aggiunto alla nostra cassa domattina. Buona serata, e grazie ancora!»

La salutammo, aspettammo che Cachemire finisse di fare i bisognini, poi tornammo all'auto.

«Chi era quella?» chiese la cagnolina. «Non l'ho mai vista prima.»

«Si chiama Trish» spiegai. «È una volontaria. Sei sicura di non averla mai vista? Non può essere una nuova arrivata se è incaricata della chiusura.»

«No, mai vista» rispose Cachemire senza la minima esitazione. «Ma era molto carina. Mi piace.»

«Aspetta» dissi con un sorriso inquieto, mentre ripensavo ai primi giorni con Gattavius, quando il tigrato, se non gli fornivo la sua marca di acqua preferita, si limitava ad arrabbiarsi, anziché minacciare di morte i chihuahua. «Forse non l'hai riconosciuta perché gli umani ti sembrano tutti uguali?»

La lunga linguetta rosa di Cachemire penzolava dalla bocca, mentre la cagnolina ansimava divertita: «Perché dici una cosa del genere? Voi umani non sembrate affatto tutti uguali, e avete anche un odore molto diverso l'uno dall'altro! No, me ne sarei sicuramente ricordata se l'avessi già vista—o avessi già sentito il suo odore.»

Riassunsi brevemente alla nonna la conversazione con la cagnolina.

«*Mmm*» disse lei con uno sbuffo teatrale «È un po' strano.»

«Già» concordai. «Cosa pensi che stesse facendo Trish tutta sola al rifugio? Sarà davvero una volontaria? E che cos'era quel documento che ha eliminato con tanta segretezza?»

«Sono tutte ottime domande» rispose la nonna, mentre guidava lungo il tragitto di ritorno. «Una cosa è certa: terrò d'occhio il conto per vedere dove finisce quell'assegno!»

Annuii per mostrarle che ero d'accordo: «Ottima pensata!»

«Magari domani sera potremmo tornare e cercare di fare irruzione» aggiunse, con un'espressione serissima sul viso rugoso.

«Nonna!» la rimproverai. «Stiamo cercando di

fermare qualcuno che infrange la legge, *non* di infrangerla *noi!*»

«Uffa, quanto sei noiosa» brontolò lei.

Forse non ero un tipo divertente rispetto alla mia nonnina pazzerella, ma almeno una delle due doveva tenere la testa sulle spalle per lavorare a quel caso.

E con Gattavius fuori servizio, sembrava proprio che quell'incombenza sarebbe toccata a me.

8

Di ritorno a casa, trovai il mio ragazzo, Charles, che mi aspettava sotto il portico. Parcheggiai, scesi dall'auto, salii di corsa i pochi gradini e mi gettai tra le sue braccia spalancate.

«Che cosa ci fai qui?» chiesi dopo un rapido bacetto di saluto.

«Beh, mi è dispiaciuto non riuscire a vederti ieri, quando la festa per il gattiversario è stata annullata. E poi, quando mi hai telefonato sembravi così triste. Dovevo assolutamente venire a tirar su di morale la mia ragazza preferita.» I suoi occhi restarono incatenati ai miei mentre parlava, facendomi sentire le ginocchia molli. Anche se stavamo insieme ormai da qualche settimana, non riuscivo ancora a credere che ci fossimo finalmente trovati. Ero stata innamorata di lui per così tanto tempo, e ora? Adesso era davvero il mio fidanzato—un ottimo fidanzato, peraltro.

Non appena ritrovai le forze, mi staccai da lui e fissai il suo bel viso: «La tua ragazza preferita?» chiesi con una risatina. «Mi sembra di sentir parlare la nonna.»

«E va bene» confessò lui con una risata ansimante. «Diciamo che lei potrebbe avermi dato un colpo di telefono di incoraggiamento, ma ciò che conta è che adesso sono qui e ho organizzato qualcosa di speciale per noi stasera.»

Lo abbracciai forte e gli premetti il viso contro il petto, nel tentativo di nascondere l'espressione ansiosa del mio volto. Per me avere una relazione era ancora una quasi totale novità e avevo il costante terrore di fare qualcosa di sbagliato e mandare tutto all'aria. Inoltre, la nostra situazione era ancora più complessa, perché eravamo stati buoni amici per mesi prima di iniziare una storia romantica.

Per via di questa singolare circostanza, temevo che fossimo già pericolosamente vicini alla fase del 'Ti amo', anche se ci frequentavamo da poco meno di un mese; e temevo che la fase del 'Vuoi sposarmi?' sarebbe potuta arrivare a breve, una volta pronunciate le due paroline magiche. Per quanto adorassi Charles, il pensiero di diventare la moglie di qualcuno – o di vivere con qualcuno che non fosse la nonna – mi faceva venire la pelle d'oca e i sudori freddi, tutto allo stesso tempo.

Una cosa alla volta, mi ripetei mentalmente, come facevo spesso. Nonostante quelle preoccupazioni, il presente era molto piacevole, e avevo bisogno di prendermi un po' di tempo per godermi quella fase iniziale della mia prima, vera relazione adulta.

Deglutii per scacciare gli ultimi residui di ansia e chiesi: «Posso sapere che cos'hai in mente, o è un'altra delle tue famose sorprese?»

Charles mi diede un bacio sulla fronte, poi mi liberò dal suo abbraccio: «Questa volta te lo dirò» rispose ammiccando. «Ma la prossima volta manterrò il segreto fino all'ultimo.»

Annuii, ancora concentrata sul presente e desiderosa di conoscere il programma per la serata.

Charles mi allacciò le braccia intorno alla vita e mi attirò a sé: «Hanno aperto un nuovo centro benessere a Dewdrop Springs e c'era un'offerta speciale per i massaggi di coppia. Ho pensato che potremmo andare a provare. Che ne dici?»

«Dico che ci sto!» trillai deliziata, facendo un saltello per la gioia. Non mi ero mai fatta fare un massaggio prima d'ora, ma ne avevo sentito decantare le meraviglie—per lo più dalla nonna. A essere sincera, l'idea mi rendeva un po' nervosa, ma apprezzavo troppo il gesto di Charles per metterlo al corrente delle esitazioni e preoccupazioni che mi turbinavano nella mente.

«Buon divertimento, tesoro» mi gridò dietro la nonna, mentre Charles mi conduceva verso la sua auto. «Non fare nulla che io non farei!»

Risi tanto da rischiare di strozzarmi. La nonna avrebbe fatto qualsiasi cosa senza rifletterci su neanche un istante—decisamente non un buon modello di comportamento innocente. Ma, forse, era proprio ciò che stava cercando di suggerirmi.

«Grazie per avermi portata via da quella gabbia di matti» dissi al mio ragazzo mentre percorrevamo il lungo vialetto di casa nostra.

«Sempre a tua disposizione» rispose lui con un sorriso che mi fece venire voglia di baciarlo subito senza pensarci un secondo. «Gattavius sta ancora facendo il broncio a causa della nuova arrivata?»

Risucchiai aria fra i denti: «Per usare un eufemismo.»

A quelle parole, lui fece una risatina: «Ti ricordi di Yo-Yo?»

Beh, certo: Yo-Yo lo yorkshire, unico testimone dell'omicidio dei suoi proprietari. Si trattava del caso che aveva fatto sbocciare l'amicizia fra me e Charles, anche se tutto era iniziato con lui che mi aveva ricattata, minacciando di svelare il mio segreto a tutti.

«Certo che mi ricordo di lui» dissi con un sorrisetto compiaciuto. «Ricordo anche che Gattavius non si è mai abituato alla sua presenza, per tutto il tempo in cui sono stati insieme.»

«Ma si è trattato solo di pochi giorni. Cachemire resterà con voi per tutta la vita. Nemmeno lui riuscirà a portare avanti la sua silenziosa protesta tanto a lungo.»

«Oh, uomo di poca fede!» ribattei in tono scherzoso, sollevando gli occhi al cielo per sottolineare il concetto.

Impiegammo un'altra mezz'ora per giungere a destinazione. Il nuovo, elegante centro benessere si trovava all'interno di un centro commerciale fatiscente, che non mi ispirava molta fiducia. Tuttavia, una volta varcata la soglia, ci ritrovammo in uno spazio ampio e accogliente, dipinto di una rilassante tonalità di verde e con una grande fontana di pietra che gorgogliava accanto al bancone dell'accettazione. Dagli altoparlanti invisibili si diffondeva musica classica a volume moderato, e la donna che trovammo ad accoglierci era vestita di bianco dalla testa ai piedi.

I suoi capelli rossi risplendevano anche con quella luce soffusa, e la sua pelle chiarissima appariva impeccabile al mio sguardo inesperto: «Benvenuti a Serenity» disse con voce melodiosa. «Cosa possiamo fare, oggi, per rendere il vostro mondo un posto migliore?»

Ricacciai indietro un discreto numero di commenti sarcastici che minacciavano di uscirmi di bocca uno dopo l'altro, e rivolsi un sorriso tirato a quella migliora-mondi mancata.

Charles, invece, sembrava nel suo elemento, forse perché era cresciuto in California. Si diresse senza esitazioni in direzione della donna e del bancone, prendendomi per mano e trascinandomi con sé: «Siamo qui per il massaggio di coppia. Abbiamo una prenotazione per le sette» la informò.

«Ah, l'ultimo della giornata. Eccellente.» La donna fece una pausa eccessivamente lunga, che sembrò innaturale, poi aggiunse: «Riposerete splendidamente stanotte.»

Altra pausa imbarazzante.

Io e Charles ci scambiammo un'occhiata interrogativa, poi tornammo a fissarla.

«Stone ha quasi finito con l'appuntamento prima del vostro. Prego, accomodatevi.» Uscì come fluttuando da dietro al bancone, e ci condusse verso una zona dove due gigantesche *fitball* erano situate accanto a un tappeto.

«Ehm, grazie.» Mi sedetti goffamente su quella verde scuro, lasciando quella beige a Charles.

L'addetta all'accoglienza ci sorrise un po' più a lungo del normale, poi si ritirò in una stanza sul retro, lasciandoci soli. Beh, il Serenity era proprio un posto strano, a giudicare da quella tizia, e ciò mi rese ancor più nervosa di quanto fossi già prima. Ovviamente, alla nonna sarebbe piaciuta da matti tutta quell'elaborata messinscena. Lei si entusiasmava sempre per tutto, e più qualcosa era bizzarro, meglio era. E per quanto riguardava me? Io preferivo le cose che già amavo e che mi erano familiari.

«Non crederai che Stone sia il vero nome di quel tipo?» chiese Charles, con un'espressione buffa.

Stavo per fargli esattamente la stessa domanda, ma mi limitai a dargli un colpetto scherzoso e ridacchiare: «Contribuisce a fare *atmosfera*.» Pronunciai quella parola con un tono talmente esagerato da conferirle un suono esotico.

«Contribuisce a 'rendere migliore il nostro mondo'» aggiunse lui con una risatina sommessa, colpendo la *fitball* su cui ero seduta con la sua. Ne seguì un provocante gioco di scontri e rimbalzi, di cui stabilivamo le regole, ciascuno per sé, di volta in volta.

Eravamo così presi che non notammo nemmeno

il ritorno della donna—non finché lei non si schiarì potentemente la voce, indirizzandoci un'occhiataccia di rimprovero.

«Stone è pronto per voi» ci avvisò, sforzandosi di sorridere in direzione di Charles, o almeno così supposi.

Proprio in quel momento, la porta della stanza sul retro si aprì e ne uscì una figura bionda e flessuosa.

«Trish?» chiesi, incredula di essermi imbattuta nella volontaria del rifugio per la seconda volta nel giro di un'ora—soprattutto tenendo conto del lungo viaggio che avevamo dovuto affrontare per arrivare al centro commerciale da Glendale.

Trish mi fissò sbattendo le palpebre, poi sorrise: «Ah, lei è la ragazza che è venuta oggi al rifugio con sua madre per fare una donazione, giusto?» chiese con dolcezza estrema, tanto da risultare falsa.

«A dire la verità, si tratta di mia nonna. Comunque, sì, ero io.» Sorrisi con gentilezza, per mostrarle che non costituivo un pericolo per lei. «Cosa ci fa qui?»

«N-n-niente» fu la sua risposta esitante. «Stavo giusto andando a casa.»

Si precipitò fuori dalla porta prima che potessi porle qualsiasi altra domanda.

Con buona pace dei convenevoli.

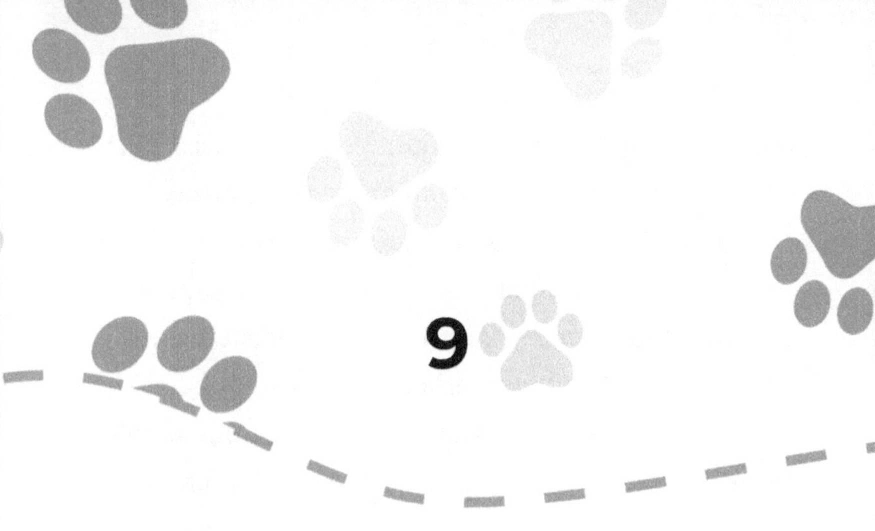

9

Non sapevo cosa mi fossi aspettata nel vedere Stone, ma di certo non il boscaiolo irlandese new-age che giunse a darci il benvenuto poco dopo.

Seppur interamente vestito di bianco, proprio come la donna che ci aveva accolti al nostro arrivo, trasmetteva una sensazione totalmente diversa rispetto a lei. Ci rivolse un sorriso a trentasei denti, seminascosto da una folta barba rossa: «Buonasera» disse, facendo il proprio ingresso nella stanza dei massaggi, le lunghe braccia ciondolanti mentre si avvicinava agli armadietti allineati lungo la parete alle nostre spalle. Prima di raggiungerli, accese la musica, e i suoni rassicuranti di strumenti a corde esotici invasero la stanza, aggiungendo un tocco spirituale, ma ancor più irreale, all'intera esperienza.

«Sarò di ritorno fra cinque minuti per iniziare il massaggio.» Stone porse a entrambi un accappatoio bianco e soffice, poi se ne andò, per concedere a me e Charles la privacy necessaria per cambiarci.

Caspiterina! Ci aveva rivolto sì e no cinque parole, prima di intimarci di toglierci i vestiti! Non che fossi una puritana, ma ero sempre stata riservata per quanto riguardava il mostrare il mio corpo.

Inoltre, Charles non mi aveva mai vista nuda, ma grazie al cielo si comportò da vero gentiluomo: si voltò di spalle e mi promise che non avrebbe guardato finché non gli avessi detto che poteva farlo. Ciò nonostante, mi tolsi i vestiti e indossai lo spesso accappatoio a tempo di record. Quell'indumento estraneo sembrava inghiottirmi ma, se non altro, era piacevole e morbido contro la pelle nuda.

«Ora puoi girarti» belai, imbarazzata. In effetti, mi sentivo una pecora, infagottata nell'accappatoio di cotone ampio e fin troppo soffice.

E se io ero una pecora, Charles era di certo il lupo dei cartoni animati, che mi fissava come se mi stesse prendendo le misure. Emise un basso fischio e commentò: «Sei super-coccolosa così.» Colmando la breve distanza fra noi, mi prese fra le braccia e prese a ondeggiare al ritmo della musica da meditazione, in un gesto romantico terribilmente malaccorto.

«Ehi, ti ricordo che non indosso niente qui sotto» bisbigliai, colma d'imbarazzo.

Lui si limitò a ridere e continuò a farmi danzare finché udimmo bussare delicatamente alla porta.

«Avanti» disse Charles, mentre io mi stringevo ancora di più nell'accappatoio.

Stone era tornato, con l'addetta all'accoglienza al seguito: «Lei è Harmony. Ci occuperemo entrambi del massaggio. Ora mettetevi comodi.»

Charles spalancò gli occhi in modo scherzoso e si strofinò le mani, poi si diresse al primo dei tavoli da massaggio in pelle, stendendosi lentamente e allineando perfettamente il viso con il foro sulla cima.

«Ora è il suo turno, Angela» mi incoraggiò Harmony. La sua voce sembrava cambiata rispetto a prima. Forse era per via dell'acustica della sala, o forse davvero usava una voce diversa quando lavorava all'ingresso e quando invece era in privato con i clienti. In ogni caso, mi parve strano.

Charles parve percepire il mio disagio: allungò una mano e mi accarezzò il braccio mentre gli passavo accanto. Era proprio un bravo ragazzo, e anche molto più di mondo rispetto a me.

Trassi un profondo respiro, dicendomi che avrei

almeno dato una possibilità a quella nuova esperienza prima di decidere che non faceva al caso mio. Dopo aver rivolto un sorrisetto a Stone e Harmony, mi posizionai a mia volta sul tavolo da massaggio. Lo feci in modo di gran lunga meno aggraziato di quanto non avesse fatto Charles, ma se non altro ce l'avevo fatta.

«Lavanda per rilassarsi» disse Harmony, spruzzando qualcosa qui e là nella sala.

«È la nostra miscela brevettata» aggiunse Stone in tono affettuoso.

I due si rivolgevano a noi parlando a turno, con voci calme e non troppo alte. Le loro parole si fondevano insieme alla perfezione, e immaginai che avessero dovuto effettuare molte prove per riuscire a ottenere quel risultato impeccabile.

Quando ebbero terminato, Harmony mi appoggiò con delicatezza una mano tiepida sul collo e iniziò a tirarmi giù l'accappatoio.

Il cuore iniziò a martellarmi in petto a ritmo frenetico. Ma i massaggi non dovevano servire a rilassarsi? Perché la mia ansia era ufficialmente partita a mille. «Posso tenere l'accappatoio?» mormorai, sperando di averlo detto a voce abbastanza alta affinché Harmony mi sentisse.

«No» rispose lei con un tono che non ammetteva

repliche, tirandolo sempre più giù, fino a fermarsi all'altezza delle anche.

«Va tutto bene, Angie» disse Charles, disteso lì a fianco. «È normale essere nervosi la prima volta. Parliamo un po', finché non ti rilassi.»

La prima volta? Quindi Charles si era già fatto fare i massaggi? L'aveva forse fatto con la sua ex, Breanne? Bleah, speravo proprio di no.

Ciò nonostante, mentre la massaggiatrice iniziava a strofinarmi dell'olio sulla parte superiore della schiena, decisi di seguire il consiglio del mio fidanzato. Se non altro, chiacchierare avrebbe contribuito a far passare il tempo un po' più in fretta.

«Che bel posticino avete messo su» riflettei. «Certo, al momento vedo solo il pavimento, ma l'ingresso era molto bello. Ah-ah.»

«Si rilassi» disse Harmony, strofinandomi delicatamente le mani lungo la spina dorsale.

Ma il fatto che me lo ordinasse non mi aiutava a farlo.

«Non siete del posto, vero? Cosa vi ha spinti ad avviare un'attività a Dewdrop Springs? Perché avete chiamato il centro Serenity? Harmony e Stone sono i vostri veri nomi?»

«Si rilassi» disse nuovamente Harmony, mentre un tono brusco si faceva strada nella sua voce, prima perfettamente calma. Cosa sarebbe accaduto se non ci fossi riuscita? Ci avrebbero annullato la seduta? Non volevo fare una cosa simile a Charles, soprattutto perché sapevo quanto stesse lavorando duramente, essendo al momento l'unico socio senior dello studio legale più chiacchierato di Glendale.

«Mi scusi, sono solo un po' tesa.» Feci alcuni respiri lenti e tremanti, cercando di seguire il ritmo del respiro di Harmony, nella speranza che ciò mi aiutasse a entrare nello stato mentale giusto per quell'esperienza.

«Il nostro lavoro sarà molto più efficace se riesce a lasciar andare la tensione» suggerì Stone, cosa che non mi fu di nessun aiuto.

«È la prima volta per lei» spiegò Charles. «Vi dispiace se chiacchieriamo un po' per aiutarla a mettersi a suo agio?»

«Non prolungheremo la durata della seduta» ci avvisò Harmony. Ogni volta che parlava, la sua voce perdeva un po' del tono etereo che l'aveva caratterizzata all'inizio. Non sarei stata affatto sorpresa se, di lì a poco, avesse iniziato a urlarmi contro.

«Non sarà necessario» rispose prontamente Charles. «Ma non sarà una bella esperienza per lei se non la aiutiamo a rilassarsi.»

«Va bene» ribatté Harmony, mentre Stone ridacchiava bonariamente. Ovviamente a me era toccata la regina dei ghiacci come massaggiatrice, ma immaginai che fosse comunque preferibile a farmi mettere le mani addosso da un uomo che non conoscevo, mentre me ne stavo stesa impotente e mezza svestita.

«Lo abbiamo chiamato Serenity perché è l'aura che vogliamo creare per chi sceglie di rivolgersi a noi» disse Stone.

«E cosa mi dite di Trish?» chiesi, senza riuscire a trattenermi mentre ripensavo all'inaspettato incontro con la bionda flessuosa. «Lei non sembrava molto serena quando è uscita di qui in tutta fretta.»

«Non parliamo degli altri clienti» disse Harmony assestandomi un delicato pizzicotto.

«Clienti? Era venuta a farsi fare un massaggio?» chiesi in tono innocente.

«Sì» rispose Stone. «Era venuta per quello. Ma non si preoccupi per lei. La sua esperienza è stata decisamente atipica. Se n'è andata più stressata di quando è arrivata.»

Harmony si lasciò sfuggire un gemito di frustrazione, ma non disse nulla.

«Perché è così stressata?» chiesi.

Non mi aspettavo che Stone mi rispondesse, invece lo fece: «Perché il comune ha effettuato dei tagli al budget destinato al rifugio per animali, e se la stanno passando piuttosto male per questa ragione.»

«*Stone!*» sibilò Harmony. «Vedi di attenerti al nostro codice etico, per cortesia!»

Restammo tutti in silenzio per qualche minuto.

«Ehi» disse Stone, dimenticando di utilizzare il tono di voce rilassante da meditazione. Ma anziché sembrare irritato, gli venne fuori un tono decisamente più amichevole. «Sa cosa mi è d'aiuto quando mi sento nervoso? Elencare tutte le cose per cui sono grato. Facciamolo a turno e concentriamoci su quanto di positivo c'è nelle nostre vite. Inizio io. Sono grato di riuscire a mantenermi facendo il lavoro che amo.»

«Anch'io» gli fece eco Charles.

«Anch'io» dissi. «Beh, più o meno. Non è che sia riuscita a fare molto di recente, ma—»

«Niente spiegazioni» sbottò Harmony. «Si limiti a esporre il suo pensiero, lasciarlo andare e passare oltre.»

«Va bene» risposi di getto. «Allora direi che sono grata per il mio gatto.»

Ma ero grata per quell'esperienza? No di certo!

Forse, la prossima volta Charles mi avrebbe lasciato progettare la serata a modo mio.

«Ti è piaciuto il massaggio?» mi chiese Charles quando Harmony e Stone ci lasciarono soli affinché potessimo toglierci gli accappatoi e rivestirci.

«Sì» dissi con risolutezza, sperando che mi credesse. Avevo apprezzato il suo gesto, ma non avevo trovato per nulla rilassante il fatto di essere toccata ovunque da una persona che non conoscevo. Preferivo di gran lunga coccolare Gattavius e Cachemire per smaltire lo stress e smettere di pensare ai problemi. O farmi le coccole con il mio ragazzo. O un'abbuffata di zuccheri con la nonna.

In pratica, qualunque cosa che non fosse essere palpeggiata e rigirata come un calzino da una tizia incavolata che rispondeva al falso nome di Harmony.

«Sei una pessima bugiarda» disse Charles con una risatina. «E anche se non riuscivo a vederti, sono certo che ti sei spremuta le meningi per tutto il tempo. Pensavi al rifugio, non è così?»

Ok, mi conosceva fin troppo bene, ma suppongo che anche questo facesse parte del suo fascino. «Non ti sembra strano che il comune tagli i fondi al rifugio per animali in un momento in cui questo si trova già in difficoltà?»

«Forse il rifugio non è l'unico ente con difficoltà economiche» suggerì lui. «L'anno scorso il tasso di omicidi in città è aumentato di parecchio. È possibile che molta gente abbia deciso di trasferirsi, vari immobili siano rimasti vuoti e che, complessivamente, l'amministrazione abbia meno fondi a disposizione.»

«Può darsi» concordai con scarso entusiasmo. Il suo ragionamento era sensato, ma l'istinto mi diceva che qui il problema era un altro. «Ma non credo che sia così. Sembra che stia succedendo qualcosa di losco proprio al rifugio.»

Charles decise di assecondarmi: aveva imparato a fidarsi del mio istinto e non mi faceva mai pesare il mio bisogno di indagare – o di discutere ossessivamente – su un vago sospetto. «E tu credi che la donna che abbiamo incontrato... quella Trish... abbia qualcosa a che fare con questo?»

«Certo che sì.» Senza pensarci, mi voltai prima che Charles avesse finito di rivestirsi e il mio sguardo indugiò un istante sul suo petto e sulle sue gambe nude. «Oops, scusami.»

«Nessun problema. Non sono neanche lontanamente timido quanto te.»

Attesi il suono rivelatore della zip dei pantaloni che veniva chiusa prima di voltarmi di nuovo.

Quando lo feci, Charles mi rivolse un'espressione cupa: «Ma non posso fare a meno di preoccuparmi per te. Almeno mi prometti che questa volta farai attenzione ed eviterai di ficcarti in situazioni potenzialmente pericolose?»

Scossi il capo e sbuffai, sarcastica: «Faccio sempre attenzione.»

Charles rise tanto da farsi venire la tosse: «Sappiamo entrambi che non è così, quindi proviamo di nuovo. Mi prometti che farai un po' più attenzione del solito?»

«Ok» acconsentii, lasciando che mi avvolgesse tra le sue braccia. «Anche se sai bene che non lavoro più per *Longfellow & Associates*, e quindi non sei più il mio capo.»

«Sì, ma ora tengo a te ancor più di prima. Credi che ti dica di fare attenzione solo perché ero il tuo capo? Così mi ferisci.»

«No. Ti chiedo scusa. Hai ragione. Hai altre richieste, mio sommo e potente fidanzato?» Lui mi baciò la fronte, poi il naso, infine mi diede un lungo bacio sulle labbra. «In effetti avrei una piccolissima richiesta.»

Ancor prima che iniziasse a parlare, sapevo che gli avrei concesso qualsiasi cosa avesse voluto. Ero un mucchio di morbido cotone, pronto a prendere forma sotto le sue mani. *Letteralmente.*

«Dammi il tempo di fare un salto in municipio per vedere se riesco a raccogliere qualche informazione sui tagli al budget. Poi sarai libera di indagare quanto vorrai.»

«Mi sembra giusto.» Avvicinai il mio viso al suo e gli diedi un altro bacio pieno di entusiasmo.

«E questo per che cos'era?» chiese con un sorriso quando ci separammo.

«Per aver cercato di farmi sentire meglio ed esserci riuscito.»

«Quindi mi stai dicendo che ho speso un sacco di soldi per un massaggio di coppia di lusso, quando sarebbe bastato semplicemente sfoderare il mio biglietto da visita di avvocato e mostrarlo un po' in giro?»

Entrambi ridacchiammo, poi ci baciammo di nuovo. Anche se avessi baciato Charles ogni giorno per il resto della mia vita, dubito che avrei mai potuto stufarmi di farlo, stufarmi di lui.

Tuttavia, avevamo delle cose da fare, così lo allontanai con riluttanza: «Ora girati verso il muro, così posso rivestirmi in santa pace» gli dissi, lieta di mettermi quell'esperienza alle spalle e tornare al mondo reale, dove persone reali usavano i loro veri nomi e parlavano con la loro vera voce.

Addio per sempre, Serenity.

Misteri del rifugio, sto arrivando!

Quando feci ritorno a casa, dovetti constatare che l'unico modo per definire ciò che trovai era 'zona di guerra'. La nonna indossava un paio di pantaloni militari rosa, abbinati alla maglietta fucsia con la scritta *Dog Mom*, e perfino la piccola, adorabile Cachemire era stata sottoposta a un cambio di look. Ora, la tremante palla di pelo liscio indossava una magliettina con disegnato un teschio con sopra le ossa incrociate, con un piccolo fiocco rosa glitterato da un lato.

Oh, santo cielo.

In soggiorno, una mappa gigante dell'area di Blueberry Bay occupava buona parte dell'ampio tavolo. La nonna aveva tirato fuori anche un nuovo cartellone di cartoncino e una coloratissima serie dei suoi pennarelli preferiti.

«Cosa sta succedendo qui?» chiesi, non del tutto sicura di voler conoscere la risposta.

Accorgendosi finalmente che ero arrivata, la nonna attraversò la stanza a passo di marcia e mi appoggiò una mano sulla spalla: «L'assegno è stato incassato» mi informò con un luccichio che le balenò negli occhi.

Mi accigliai. Mi sembrava un modo davvero eccessivo di reagire al pagamento di un assegno. Ovviamente, avevo ancora la mente annebbiata dopo lo spiacevole trattamento a cui mi aveva sottoposta Harmony, quindi era possibile che le mie sinapsi fossero un po' lente ad attivarsi.

«E hai trasformato la casa in una *war room* perché...?» chiesi.

La nonna indicò il portatile che utilizzava di tanto in tanto, sistemato in un angolino del soggiorno: «Ricordi quando mi hai insegnato a pagare le bollette online?»

«Sìììì...» risposi lentamente, non sapendo se ciò che stava succedendo mi sarebbe piaciuto. Un conto era che io corressi dei rischi per indagare su un caso, ma detestavo il pensiero di poter mettere in pericolo la nonna in qualsiasi modo.

«Guarda qui» disse, premendomi contro il petto un foglio che aveva stampato.

Anche se l'immagine era parecchio sgranata, riconobbi con facilità la scansione dell'assegno che la nonna aveva compilato il giorno precedente, a cui erano stati aggiunti una firma fatta con poca cura e un timbro che recava la scritta First Bank of Blueberry Bay.

«Guarda l'indirizzo» mi incoraggiò la nonna con un sorriso impaziente.

«*Oh*, Dewdrop Springs» lessi ad alta voce. «Ma per quale motivo il rifugio per animali di Glendale incassa gli assegni a Dewdrop Springs?»

«Speravo che potessi essere tu a dirmelo. Ci sei appena stata, in fin dei conti.» La nonna si riprese il foglio, in attesa di spiegazioni.

Anche se non avevo le risposte che cercava, avevo un'informazione che avrebbe potuto esserci utile. Era il mio turno di stupirla con una grande rivelazione e lo feci con grande soddisfazione: «Ora che mi ci fai pensare, io e Charles ci siamo imbattuti in Trish al centro benessere. Pensi che sia stata lei a incassare l'assegno?»

Osservammo entrambe lo scarabocchio che costituiva la firma, ma era impossibile da decifrare senza sapere come facesse Trish di cognome.

«È molto strano» dissi infine.

«Decisamente strano» concordò la nonna con un cenno del capo.

«Ma tutto questo cosa c'entra?» chiesi facendo un cenno verso il totale caos che, durante la mia breve assenza, aveva invaso la casa, solitamente immacolata.

«Mi viene più facile pensare quando ho tutto il mio materiale a portata di mano» rispose la nonna facendo spallucce.

Mi sfuggì una risatina: «E a cosa hai pensato?»

«Innanzitutto, che dobbiamo indagare più a fondo sul rifugio» rispose senza nemmeno un istante di esitazione.

«Già, lo penso anch'io. Beh, lascia che ti spieghi cos'ho scoperto mentre ero via.»

«Eccellente. Ma prima ci vuole il tè» dichiarò la nonna.

Si precipitò in cucina con Cachemire che la seguiva impavida, ma appena entrata le sfuggì un urletto acuto di sussulto: «Oh, cielo! Temo ci sia stato un altro incidente.»

Mi affrettai a raggiungerla e mi trovai davanti due tazze da caffè frantumate sul pavimento.

Ma che diamine stava succedendo?

Chi rompeva tutte le nostre cose?

E come aveva fatto la nonna a non sentire lo schianto dalla stanza accanto?

Sigh.

Sembrava proprio che avessimo più di un mistero da risolvere.

11

onostante l'antipatia che avevo provato a pelle per lei, dovevo ammettere che su una cosa Harmony aveva avuto totalmente ragione: quella notte, infatti, dormii come un ghiro. Forse per via del massaggio, o forse per il fatto che avevo deciso di smettere di aggirarmi in punta di piedi nella stanza in cui il mio gatto furioso se ne stava nascosto e avevo deciso di passare la notte in una delle camere per gli ospiti.

Era ormai ora di coricarmi, e quella sera non avevo visto Gattavius neanche di sfuggita, ma sapevo che era da qualche parte nella mia stanza da letto sulla torretta. Non che mi importasse molto in quel momento. Sinceramente, ero proprio stufa dei suoi capricci e delle sue arrabbiature. Per quanto mi riguardava, poteva imparare a convivere con Cachemire, o decidere di vivere recluso in camera mia fino all'ultimo giorno dell'ultima delle sue vite.

Speravo che non sarebbe arrivato a tanto, ma aveva chiarito bene che non intendeva scendere a compromessi sulla presenza della nostra nuova coinquilina a quattro zampe.

Stanca oltre ogni limite, la mattina dopo non mi alzai dal letto finché lo squillo irritante del cellulare non mi costrinse a farlo.

«Argh, che ore sono?» mugugnai nel telefono anziché rispondere educatamente.

All'altro capo della linea udii la risata di Charles: «Svegliati, bella addormentata. Il tuo affascinante principe ha delle novità da raccontarti!»

«La bella addormentata venne svegliata dal principe Filippo» lo corressi, strofinandomi gli occhi assonnati.

«E tu hai il principe Carlo. Oh, ehm, anche no.» Ridacchiò fra sé, ma ero ancora troppo intontita per apprezzare l'umorismo.

«In ogni caso, ho delle notizie per te» proseguì Charles. «E, in ogni caso, sono quasi le dieci: dovresti alzarti e porgere il tuo saluto al nuovo giorno.»

Mugugnai di nuovo, cosa che lo fece solo ridere di più. «Di che notizie si tratta?» chiesi, cercando sul comodino la caramella gommosa di multivitaminico che assumevo ogni giorno.

«Beh, stamattina presto sono passato in municipio, come ti avevo promesso. E aggiungerei che si possono ottenere un sacco di informazioni, se si hanno le conoscenze giuste.» Sembrava molto orgoglioso di sé. Significava che aveva scoperto qualcosa di utile? Qualcosa che avrebbe aiutato me e la nonna a capire cosa diavolo stava succedendo al rifugio?

«E cos'hai scoperto?» chiesi con un sorrisetto, prima di infilarmi in bocca la caramella dolciastra.

Lui risucchiò l'aria tra i denti, poi disse: «Che i fondi del rifugio non hanno affatto subito dei tagli come ha detto Stone. In realtà, sono aumentati di anno in anno oltre il tasso di inflazione.»

Sbadigliai e feci del mio meglio per concentrarmi. Era decisamente troppo presto per concetti come *tasso di inflazione*. «Sarebbe a dire?» domandai, detestando quanto dovessi apparire ignorante all'orecchio colto di Charles. Certo, i miei sette diplomi universitari non erano affatto cosa da poco, ma non erano comunque paragonabili alla sua – seppur unica – laurea in legge.

Charles trasse un profondo respiro, poi mi rivelò: «Significa che se il rifugio ha problemi economici, ciò non è dovuto alla carenza di fondi.»

«Quindi credi che qualcuno stia rubando i soldi?» chiesi. Non vedevo altra possibilità, considerando le prove raccolte negli ultimi due giorni.

«*Peculato*. È così che si definisce l'atto di rubare soldi a un'azienda—o, trattandosi del rifugio, a un ente senza scopo di lucro. E comunque sì, non sembra che possano esserci altre spiegazioni in questo caso.» Il fatto che Charles fosse passato, da un momento all'altro, alla modalità *avvocato-in-azione* mi fece capire che, qualsiasi cosa stesse accadendo, era assolutamente illegale. Speravo davvero che il colpevole non solo venisse arrestato, ma anche punito nella massima misura consentita dalla legge.

La rabbia prese a scorrermi nelle vene, svegliandomi con più efficacia di quanto qualsiasi forma di caffeina avesse mai fatto: «Ma non si tratta soltanto di soldi!» ribattei. «Sono in gioco le vite di quegli animali! Già ora ci sono tre cani per gabbia... Cosa accadrebbe se il rifugio dovesse chiudere i battenti?»

«Forse verrebbero accolti da un altro rifugio» disse Charles. Ma il modo in cui aveva bisbigliato quelle parole lasciava intuire che nemmeno lui ci credeva. Si sentiva impotente quanto me in quella situazione e girarci intorno non giovava a nessuno.

«O forse finirebbero a vagabondare per le strade. O peggio, a-a-abbattuti.» Rabbrividii al solo pensiero.

Era una delle cose peggiori che potessi immaginare. Quei poveri, teneri animali.

«Non succederà!» mi garantì Charles, con voce più forte e sicura.

«Come fai a dirlo? Come puoi averne la certezza?» Lacrime brucianti mi pungevano gli occhi, ma mi rifiutavo di mettermi a piangere. Dovevo aggrapparmi alla rabbia. La rabbia era un ottimo propulsore.

«Perché ti conosco e so che non permetteresti mai che accadesse una cosa del genere» mi disse il mio ragazzo.

«Ora devo andare» borbottai, già diretta verso l'armadio e pronta a mettermi qualcosa in tutta fretta.

«So che è così» disse Charles, e io compresi dal tono di voce che stava sorridendo. «Non correre rischi e chiamami se ti serve qualcosa, ok?»

«Ok» dissi. Poi chiusi la chiamata.

Non ero mai stata così determinata a risolvere un caso—e a farlo con tanta rapidità. Decine di vite dipendevano da me.

Quando scesi le scale dopo essermi vestita rapidamente con le prime cose che mi erano capitate a tiro, trovai la nonna agghindata di tutto punto che mi attendeva davanti alla porta: «Finalmente» disse con uno sbuffo. «Miss Cachemire e io ti aspettiamo da tutta la mattina.»

«Ciao, mammina» mi salutò allegramente Cachemire, scuotendo il posteriore per la gioia. «Andiamo a fare un giro in macchina!»

«Al rifugio?» chiesi, giusto per sicurezza.

«Al rifugio!» La nonna si esibì in un urlo di battaglia pieno di entusiasmo, poi aprì la porta in modo che potessimo avviarci tutte sul piede di guerra.

Questa volta prendemmo la sua elegante auto sportiva anziché il mio vecchio catorcio: «Vogliamo che pensino che abbiamo un sacco di soldi e non abbiamo problemi a spenderli» mi spiegò lei.

«Il piano è tutto qui?» domandai ad alta voce. Ancora una volta, temevo che la nonna avesse una visione troppo semplicistica di una situazione ben più complessa. Non sempre il mondo reale collimava con la visione che ne aveva lei, che Dio la benedica.

La nonna mi lanciò un'occhiata di avvertimento mentre girava la chiave per accendere il motore: «Certo che no!»

«Allora dimmi il resto.»

«Lo vedrai quando saremo là» disse, facendomi l'occhiolino e premendo sull'acceleratore.

Qualsiasi cosa fosse accaduta, ero pronta ad affrontarla.

Tuttavia, speravo che Trish non fosse presente quella mattina: in caso contrario, la storiella della vecchina con pochi soldi raccontata dalla nonna la sera prima sarebbe andata in fumo non appena ci avesse viste presentarci su un'auto sportiva di lusso. Sembrava improbabile che la incontrassimo, dato che Cachemire affermava con sicurezza di non aver mai vista in vita sua quella misteriosa volontaria.

Ma mi chiedevo comunque se...

Arrivammo a destinazione in fretta, grazie alla propensione della nonna a guidare almeno dieci chilometri all'ora oltre il limite previsto, ovunque si recasse. Trish non c'era. Ci accolse invece Pearl, l'anziana, gentile volontaria che avevo conosciuto durante la mia prima visita il giorno precedente, che ci salutò dal banco all'ingresso.

«Già di ritorno?» chiese con un sorriso caloroso. Mi ci volle un istante per rendermi conto che quel sorriso non era rivolto a me, bensì alla nonna.

«Mi conosci» replicò lei. «Non posso farne a meno.»

La nonna si voltò facendo un cenno verso di me, ma continuando a rivolgersi a Pearl: «Questa è mia nipote, Angie. E, ovviamente, conosci già Miss Cachemire.»

La cagnolina abbaiò come per dirsi d'accordo.

Io mi limitai ad annuire e a sforzarmi di sorridere.

«Piacere di conoscerti, Angie» disse Pearl fissandomi con espressione vacua. Davvero non ricordava di avermi incontrata il giorno prima? «Cosa posso fare per te, nonna cara?»

Trovai molto comico il fatto che l'anziana signora si rivolgesse in quel modo a mia nonna, ma con un grande sforzo riuscii a restare seria.

La nonna si portò una mano alla fronte e sospirò: «Non riesco a smettere di pensare a queste povere bestiole e ai problemi che voi, brava gente, state affrontando qui.»

«Non preoccuparti per noi» rispose Pearl, scuotendo mestamente il capo. «Troveremo un modo per risolvere le cose. Lo facciamo sempre.»

«Certo, ma ci dev'essere qualcosa che posso fare» insistette la nonna.

Pearl si alzò in piedi e le appoggiò una mano sul braccio per rincuorarla: «Stiamo facendo tutto il possibile, te lo garantisco. È solo che ci sono stati tagliati i fondi, e stiamo ancora cercando di capire come cavarcela rispettando i nuovi limiti di budget.»

La nonna si morse il labbro. Non avrei saputo dire con certezza se fosse davvero demoralizzata o se fosse solo perfettamente calata nella parte.

«Certo, capisco» disse, pensierosa «ma—ehi, ho trovato!»

Io e Pearl restammo in attesa di sentire il seguito, e la nonna, ovviamente, fece una pausa per far salire ancor di più l'aspettativa.

«Allora? Quale sarebbe la tua grande idea?» sbottò Pearl.

La nonna le rivolse un sorriso a trentasei denti prima di rispondere: «E se organizzassi una raccolta fondi per salvare il rifugio?»

«Non siamo a un punto tale da necessitare di essere salvati, ma la tua offerta è molto generosa. Sai cosa ti dico? Ti accompagno subito dal signor Leavitt, di modo che voi due—» Si interruppe e mi rivolse un'occhiata e un sorrisetto imbarazzato, «—voglio dire, voi tre, possiate discuterne in privato.»

La nonna fece un cenno affermativo con il capo: «Ti ringrazio, Pearl. Sarebbe magnifico.»

L'altra donna sorrise e ci accompagnò alla porta che conduceva nel cuore del rifugio. Mentre la seguivamo nella lunga stanza piena di gabbie, la nonna allungò una mano per stringere la mia. Ancora non sapevo quale fosse il suo piano, ma se non altro sembrava che stessimo facendo qualche progresso.

Speravo solo che il vento continuasse a soffiare a nostro favore...

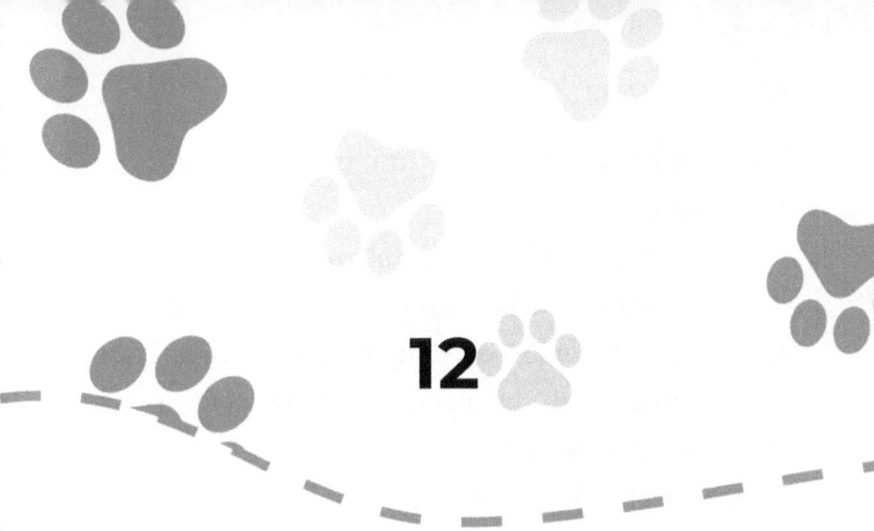

12

l signore Leavitt ci accolse nel suo ufficio rivolgendo un gran sorriso sia a me e alla nonna che a Cachemire. Diversamente da Pearl, *lui* ricordava il nostro incontro del giorno precedente.

«Bentornata, signorina Angie» disse, dandomi dei colpetti su una spalla con la mano mentre varcavo la soglia dell'ufficio. «Sto iniziando a pensare che lei sia l'angelo custode del rifugio per animali di Glendale. Non soltanto ci ha effettuato personalmente una generosa offerta, ma ora la vedo tornare con un'altra benefattrice. Vi prego di accomodarvi entrambe.»

Giusto. Gli avevo dato un assegno. Davvero erano trascorse meno di ventiquattr'ore da allora? Era stato incassato nello stesso luogo e alla stessa ora di quello della nonna? Erano accadute così tante cose in quel breve lasso di tempo che mi ero dimenticata di controllare.

«Farò ben di più che compilare un assegno!» gli disse la nonna, prendendo posto su una delle sedie di fronte alla scrivania. «Ho intenzione di organizzare una raccolta fondi, in modo che molta gente possa effettuare delle donazioni. Che ne dice?»

Gli occhi del signor Leavitt si spalancarono all'idea di un notevole apporto economico: «Beh, l'idea è molto allettante» disse con una risatina. «Mi dica, cosa posso fare per contribuire?»

«Sono lieta che me lo chieda» rispose la nonna, ridacchiando a sua volta. «Non è niente di oneroso, glielo prometto, ma mi serve un po' di tempo per conoscere la struttura e gli animali che ci vivono. Mi servirà per accertarmi di organizzare il tipo giusto di raccolta fondi. Che senso ha una vendita di torte quando ciò che serve davvero è un gran galà?»

«Giustissimo, giustissimo» concordò il signor Leavitt annuendo, ad occhi ancora più sgranati. «Sarei onorato di farle fare personalmente un giro della struttura. Se mi concede qualche minuto per terminare alcune cosette, io—»

«In realtà» lo interruppe la nonna «preferirei fare un giro per conto mio, se non le dispiace. Sono certa che capirà: ho bisogno di percepire l'aura di questo posto, non di un discorso sulla sua storia.» Incrociò le gambe e raddrizzò la schiena, pronunciando quelle parole in modo cortese ma autoritario.

Il signor Leavitt cadde vittima del suo incantesimo all'istante: «Ma certo. Se le dovesse servire qualcosa—»

«So dove trovarla. La ringrazio» concluse la nonna, terminando la profferta al posto suo. Poi si alzò e uscì dall'ufficio senza aspettare che io e Cachemire la seguissimo.

Dovetti allungare il passo per raggiungerla: «Adesso cosa facciamo?» gridai a bassa voce mentre lei marciava con passo sicuro fra le gabbie.

«Ora andiamo a parlare con gli animali e vediamo se hanno qualche informazione utile.» *Noi.* Come no. Ero io, però, che mi addossavo il rischio.

«Nonna, e se qualcuno ci scopre?» chiesi, timorosa, proseguendo mentalmente: *E se capiscono che abbiamo dei sospetti e decidono di metterci a tacere con le cattive?* Era già accaduto in precedenza, e di certo poteva succedere di nuovo. Una cosa che avevo imparato bene durante i mesi trascorsi a indagare è che i criminali detestano essere colti sul fatto. Come è ovvio che sia.

Tuttavia, la nonna non sembrava minimamente preoccupata: «Io resterò di guardia e, se qualcuno ci scopre, basterà che tu finga di star parlando con me o con Cachemire» mi spiegò in tono pratico. «Ma fai in fretta. Dubito che avremo mai un'altra opportunità simile.»

Cachemire, giusto.

Mi mancava moltissimo Gattavius in veste di mio personale dottor Watson.

Certo, la cagnolina era carina e simpatica, ma ancora non sapevo quanto comprendesse davvero la situazione.

Supposi che fosse giunto il momento di scoprirlo.

«Ehi, Cachemire» dissi con dolcezza, prendendola in braccio. «Hai voglia di aiutarmi a fare un gioco?»

«Un gioco!» abbaiò la chihuahua. «Come *riportalo*? O *non rubarmi il giocattolo*? O *dai la caccia al gatto*? Sì! Mi piacciono un sacco quei giochi!»

«Non esattamente» dissi, evasiva, mordicchiandomi il labbro mentre riflettevo. «Questo gioco si chiama *Detective*. Dobbiamo cercare di scoprire un segreto.»

Cachemire cambiò espressione; ora i canini inferiori sporgevano coprendo in parte il labbro superiore. Aveva un aspetto terribilmente tenero quando disse: «Io non ho nessun segreto. Posso giocare lo stesso?»

«Certo che puoi» la rassicurai. «In effetti, sappiamo già qual è il segreto, ma non sappiamo di chi sia. Pensi che potresti aiutarmi a scoprirlo?»

«Farò del mio meglio, mammina!» mi promise la minuscola chihuahua, tremando di rinnovata gioia.

«Perfetto, questo è l'atteggiamento giusto!» Le diedi un bacetto sulla fronte, seguito da un'entusiastica grattatina fra le orecchie. «Ok. Il segreto è che qualcuno ruba soldi al rifugio, ma non sappiamo chi.»

«Soldi? Che roba è?» chiese Cachemire, piegando la testolina di lato in segno di interesse.

«Lasciamo stare i soldi» dissi, facendo rapidamente marcia indietro. «Quello che intendo dire è che qualcuno, qui al rifugio, si sta comportando davvero male e noi dobbiamo scoprire di chi si tratta.»

«*Mmm*» mormorò Cachemire, con le orecchie che scattavano di qua e di là come ricevitori satellitari in miniatura. «Scommetto che è stato un gatto!» gridò dopo qualche istante di riflessione. «Quando succedono queste cose, di solito è colpa di un gatto.»

Quel ragionamento mi fece ridere: «In realtà sono ragionevolmente certa che in questo caso il colpevole sia un umano.»

La cagnolina iniziò a piagnucolare: «Ma qui gli

umani sono tutti così gentili» ribatté. «Ci danno da mangiare, ci portano a passeggio, giocano con noi e ci aiutano a trovare una nuova casa. Nessuno di loro è cattivo, e di certo nessuno si comporta *davvero* male.» Rabbrividì a quel pensiero.

Ah, piccola, dolce Cachemire.

Riusciva davvero a vedere il lato migliore di ciascuno. Perfino del gatto che aveva minacciato di ucciderla e della persona che rubava soldi agli animali in difficoltà. Per quanto desiderassi il suo aiuto, dubitavo che sarei riuscita a farle scorgere la verità, anche se ce l'avesse avuta proprio sotto il naso.

«Ok, stammi a sentire» dissi, cambiando tattica. «Tu tieni compagnia alla nonna, mentre io vado a parlare con gli altri animali e cerco di capire se sanno qualcosa. Che ne dici?»

«Va bene, mammina!» Scodinzolava così in fretta che la sua coda era una macchia sfocata. Oh, cosa avrei dato per essere felice come lei!

La appoggiai a terra; lei si precipitò subito dalla nonna sollevandosi sulle zampette posteriori, nella disperata richiesta di essere presa in braccio e coccolata. «Tenete gli occhi aperti» borbottai, poi mi avviai di corsa verso l'ultima gabbia all'estremità più lontana della stanza. Tanto valeva fare le cose con un minimo di organizzazione.

Un enorme cane pieno di rughe mi fissava con occhi tristi. Al suo fianco era seduto un segugio non di razza, molto più piccolo, il cui unico interesse sembrava essere quello di mordicchiarsi una delle zampe posteriori.

«Ehilà!» dissi in tono amichevole, nonostante fossi molto turbata dall'atmosfera lugubre e triste di quel luogo. Quei due cani sembravano decisamente più vecchi e saggi di Cachemire. Forse avrebbero potuto darmi informazioni utili. «Mi chiamo Angie e spero che possiate aiutarmi. Un umano molto cattivo sta derubando il rifugio. Avete idea di chi potrebbe essere?»

«Qui gli umani sono tutti buoni e gentili» mi informò il cane più grande senza la minima esitazione.

«Già» aggiunse il segugio, ancora con la zampa in bocca. «Se qui qualcuno si comporta male, è probabile che si tratti di un gatto.»

«Ah, ok. Grazie per l'aiuto» dissi, sforzandomi di sorridere. Avevamo appena cominciato e mi era già perfettamente chiaro che non sarei riuscita a ottenere informazioni utili dai cani del rifugio. Ciò nonostante, parlai con molti di loro prima di decidere di lasciar perdere e andare a parlare con i gatti, come mi era stato suggerito.

L'area del rifugio dedicata ai felini era molto più piccola e non offriva la benché minima privacy; ma non sembrò essere un problema, dal momento che tutti gli occhi e le orecchie dei presenti si puntarono su di me non appena varcai la soglia.

«Buongiorno a tutti» dissi, sentendomi a disagio, nonostante mi ritenessi un'amante dei gatti. Volevo un mondo di bene a Gattavius, quando non si comportava in modo gratuitamente crudele e melo-drammatico, ma il pensiero di venti tipi come lui riuniti nello stesso luogo mi terrorizzava. «Mi chiamo Angie e sto cercando di trovare un umano molto cattivo che lavora qui al rifugio. Sapete—?»

«Mia cara» disse con una parlata lenta un gatto dal pelo lungo e dal muso schiacciato, interrompen-domi senza tanti complimenti. «Guardati intorno. Tutti gli umani sono cattivi.»

«Regrediscono allo stato brado, se non ci siamo noi gatti a tenere la situazione sotto controllo» insi-stette un tigrato arancione dall'espressione arrabbiata.

Non c'era da meravigliarsi che cani e gatti si dete-stassero tanto a vicenda: erano l'opposto l'uno dell'al-tro. Ma, se non altro, i gatti non si fidavano ciecamente delle intenzioni di chiunque. Forse, se avessi posto loro le domande giuste, avrebbero potuto fornirmi qualche indizio.

Mi schiarii la gola e ritentai: «C'è un umano peggiore degli altri qui? Uno che potrebbe rubare soldi al rifugio?»

«È come chiedere se un filo d'erba è più verde degli altri» rispose il gatto dal muso schiacciato, prendendo nuovamente la parola. «Ce ne sono così tanti, e sono tutti verdi.»

Gli altri felini rinchiusi nelle gabbie miagolarono in segno di approvazione, e io mi rassegnai definitivamente al fatto che non avrei trovato nessuna pista parlando con gli animali del rifugio.

Era il momento di tentare con qualcosa di diverso.

Purtroppo, non avevo idea di come procedere.

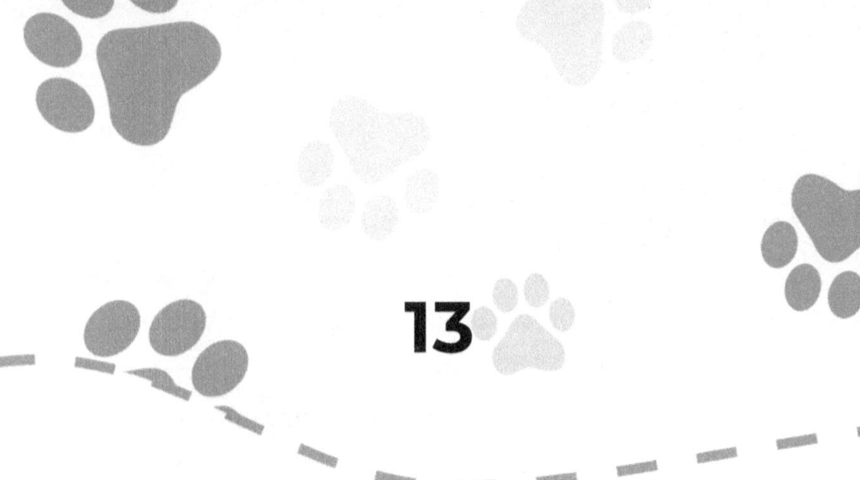

13

uando facemmo ritorno a casa, trovammo Gattavius seduto in soggiorno in nostra attesa. Prima di uscire mi ero accertata di lasciare aperta la porta della mia camera da letto, nel caso in cui avesse deciso di cambiare aria, ma non mi aspettavo che l'avrebbe fatto davvero.

Per fortuna, Cachemire era al sicuro, ben stretta fra le braccia della nonna; in questo modo, non avrebbe avuto la tentazione di correre incontro all'irascibile felino. Gattavius non si rendeva conto di quanto lei gli fosse già affezionata? Di quanto desiderasse essere sua amica?

Decisamene no, a giudicare dalla sua espressione accigliata e dalla postura rigida.

«Oh, il gatto è uscito dal sacco» commentai, in parte sollevata di vederlo e in parte preoccupata per ciò che avrebbe potuto pretendere.

«Molto spiritosa» rispose in tono secco. Poi aggiunse: «Vedo che stai ancora giocando alla famigliola felice con quell'imbrogliona.»

Beh, a quanto pareva non avevamo fatto il minimo progresso: «Giusta osservazione. Ora non credi che sia giunto il momento di smettere di tenere il broncio e tornare a far parte anche tu di questa famiglia?»

Era stato un errore, da parte mia, cedere sempre alle sue richieste e concedergli tutto ciò che desiderava—lo Sheeba, l'Evian e la tenuta di lusso? Con i beni materiali era stata, forse, la via più facile, ma in questo caso era coinvolta la vita di un'altra creatura. Mi rifiutavo di rispedire Cachemire nel rifugio sovraffollato, soprattutto ora che il futuro della struttura era tanto incerto.

Sapevo che non sarebbe stato così semplice, ma provai ugualmente una fitta al cuore quando Gattavius sentenziò: «Quando i bravi gatti restano in silenzio succedono cose brutte.»

«Ma è proprio ciò che stai facendo!» ribattei. «Mi stai infliggendo la punizione del silenzio. Non ne hai ancora avuto abbastanza?»

«E *tu* non ne hai ancora avuto abbastanza?» rispose con voce profonda e minacciosa. Qualcosa mi diceva che non c'era una risposta giusta.

«Signor Gattinavius» squittì Cachemire, attirando l'attenzione di entrambi sui suoi grandi occhi neri e sulla sua boccuccia rosa. «So di non piacerle, ma prometto che farò tutto il possibile per sistemare le cose. Vorrei che diventassimo amici.»

«Oh, come si fa a dire di no a quel musino?» dissi deliziata, facendo i grattini a Cachemire sotto il minuscolo mento tremante.

Lei prese a dimenarsi e la nonna dovette afferrarla meglio per evitare di farla cadere.

«È facile» sbottò Gattavius, neanche minimamente ammansito da quelle dimostrazioni d'affetto. «Facilissimo, in realtà.»

«Hanno finalmente deciso di andare d'accordo?» chiese la nonna, con gli occhi scintillanti di speranza.

«Ehm, non esattamente» risposi con un sospiro. «Ma è comunque un piccolo progresso.»

«Dimmi un po', cane» disse con lentezza il mio gatto, sollevandosi sulle quattro zampe. «Sei davvero disposto a fare *qualsiasi* cosa per farmi contento?»

«Oh, sì» gridò Cachemire, riprendendo a scuotersi e tremare. «Sì, farò qualsiasi cosa!»

Attesi in silenzio che il mio gatto proseguisse.

Avrebbe preteso qualcosa di fattibile? Ero disposta a fare pressoché di tutto pur di riportare la pace in casa nostra.

I grandi occhi ambrati del felino si strinsero, e lui disse, scandendo con estrema lentezza ogni parola: «Allora vattene via, lontano da qui, e non tornare mai più.»

La cagnolina si mise a piangere, strappando una risata al crudele felino che la faceva da padrone. «Devo farlo sul serio, mammina?» mi chiese Cachemire, con un gemito di dolore che accompagnava ogni parola.

Ah, quel gattaccio! Certe volte mi faceva davvero arrabbiare!

«No, certo che no. Si sta comportando proprio da gatto cattivo!» Lanciai un'occhiataccia al tigrato disobbediente, ma lui non sembrava affatto dispiaciuto.

«Ehi, io so cosa voglio.» Gattavius frustò l'aria con la coda, prima da un lato e poi dall'altro. «E so anche cosa *non* voglio. Quel cane deve andarsene.»

«Basta così, Gattavius. Sei in minoranza» disse la nonna, pur avendo compreso solo ciò che avevo detto io in quella conversazione.

Cachemire si divincolò e prese a leccare le mani della nonna, forse per trarne conforto o, forse, per mostrarsi d'accordo con ciò che aveva detto in sua difesa. Non avrei saputo dirlo con certezza.

«*Robe da matti!*» borbottò il mio gatto saltando a terra e scomparendo alla vista. Pochi istanti dopo udimmo il rumore della gattaiola elettronica che si apriva per farlo uscire.

«E non tornare finché non ti sarai dato una regolata!» gli gridai dietro.

«Non preoccuparti per lui, piccolina.» La nonna diede un bacio sulla testolina alla chihuahua, poi la posò a terra. «Andiamo a prepararci qualcosa per pranzo, che ne dite?»

Ci spostammo tutte e tre in cucina, dove la nonna tirò fuori tre petti di pollo da cuocere alla griglia, e io iniziai a preparare la salsa per la Caesar Salad. «Ne preparo uno anche per Cachemire» mi spiegò con un sorriso.

Alla nostra cagnolina sarebbe piaciuto moltissimo.

Avevamo quasi finito di preparare il pranzo quando udimmo un terribile schianto proveniente dall'ingresso. Diedi un'occhiata alla stanza e mi accorsi che Cachemire non era più lì con noi.

«Perché continua a rompersi roba in questa casa?» si lamentò la nonna, togliendo la padella dal fuoco e marciando fuori per andare a vedere cosa avesse provocato quel frastuono.

Individuai il problema prima di lei: una delle antiche lampade Tiffany appartenute a Ethel Fulton giaceva in mille pezzi nell'ingresso. Si trattava di un cimelio di valore inestimabile. *Cavolacci!*

Cachemire era di fianco ai cocci, e ululava disperata: «Mi dispiace moltissimo» disse fra le lacrime. «Non so come sia successo. Mi stavo facendo gli affari miei da brava e—crash!»

«Va tutto bene, piccolina. Sappiamo che non era tua intenzione» le dissi con dolcezza mentre la nonna iniziava a ripulire quel pasticcio.

«Robe da matti!» borbottò Gattavius; poi risalì di corsa l'imponente scalinata, presumibilmente per tornare a rinchiudersi nella mia camera, che aveva eletto a sua prigione personale.

Strano: non avevo sentito la gattaiola riaprirsi, anche se ci trovavamo proprio di fianco ad essa.

«Potresti occuparti di Cachemire questo pomeriggio?» mi chiese la nonna quando tutte e tre avemmo finito di mangiare. «La porterei con me, ma ho parecchie commissioni da sbrigare e non voglio rischiare di perdermela, tra una cosa e l'altra.»

«Certo» risposi sovrappensiero, mentre effettuavo l'accesso all'app mobile della banca sul cellulare. Dovetti cercare un po' per riuscire a trovare ciò che mi serviva. Quando, infine, ci riuscii, porsi il telefono alla nonna e chiesi: «Ehi, è lo stesso indirizzo a cui è stato incassato il tuo assegno?»

La nonna osservò la minuscola schermata per qualche istante, poi mi restituì il cellulare e prese a rovistare sulla sua scrivania, finché non trovò il foglio che aveva stampato la sera precedente. «È proprio quello» disse, riprendendo il cellulare e confrontandolo con la stampata.

Controllai a mia volta; a ogni occhiata sentivo crescere la fiducia di aver finalmente trovato la pista giusta: «La firma qui è un po' diversa, ma sembra comunque appartenere alla stessa persona. Credo che inizi con D o con O. Difficile dirlo con certezza.»

«Allora non si tratta di Trish» replicò la nonna con un sospiro.

«No» concordai, sentendomi più confusa che mai. Effettuai il logout dall'app della banca e posai il cellulare sul tavolo.

«Ci penserò su mentre faccio le commissioni» promise la nonna.

«Dov'è che vai?» Non avevo prestato troppa attenzione quando mi aveva detto che sarebbe uscita, ed ero curiosa, ora che aveva di nuovo tirato in ballo l'argomento.

«Devo iniziare a darmi da fare per organizzare la raccolta fondi per il rifugio. Ho deciso di optare per un gran galà. In questo modo attireremo tutte le persone giuste, ben più di quanto riusciremmo a fare con una vendita di dolci o il lavaggio delle auto.»

«Buona idea.» Ma lo era davvero? Detestavo contraddirla, ma ci aveva riflettuto bene prima di decidere di entrare in azione?

«Nonna, organizzare un galà richiede molto impegno. E se, quando avrai finito di preparare tutto, per il rifugio fosse già troppo tardi?»

Lei fece un cenno sdegnoso con la mano: «Smettila di essere così pessimista. Sai bene che non dovresti mai dubitare di tua nonna. Ora vedete di fare le brave, voi due. Tornerò in tempo per preparare qualcosa di veloce per cena. *Ciao*[1].»

In un attimo si infilò le scarpe e uscì. Accipicchia, era veloce come il lampo. Spesso mi sentivo una goffa scansafatiche in confronto alla mia nonnina sempre attiva e in perfetta forma. Forse un giorno avrei deciso di fare qualcosa in proposito—ma di sicuro quel giorno non era ancora arrivato.

«Cosa vorresti fare oggi pomeriggio?» chiesi, guardandomi intorno in cerca di Cachemire. Di solito se ne stava appiccicata come una cozza all'umano più vicino, ma in quel momento non la vedevo da nessuna parte.

«Cachemire!» la chiamai. «Vieni qui, piccolina.»

«Non voglio» rispose una voce attutita.

Mi ci volle qualche minuto, ma alla fine la trovai nascosta sotto l'antico divanetto vittoriano: «Perché sei così triste, tesorino?» Mi sedetti sul pavimento, assumendo una posizione piuttosto scomoda, e aspettai che decidesse di farsi vedere.

«Quel gatto mi detesta» piagnucolò lei, restando ben nascosta sotto l'antico mobile.

«Su, non te la prendere troppo. A lui non va mai a genio nessuno.»

«Ma io non gli vado a genio *proprio per niente*. E poi, quando siamo andate al rifugio, non sono riuscita ad aiutarti a vincere a *Detective*. E ora la nonna se n'è andata, e non ha voluto portarmi con sé. E se non tornasse mai più?»

Povera piccina! Non riuscivo a sopportare che si sentisse tanto triste e che ci fosse ben poco che potevo fare in proposito.

«Per favore, Cachemire, non piangere. Hai fatto un ottimo lavoro quando abbiamo giocato a *Detective*, e poi – ehi – il gioco non è ancora finito. Possiamo ancora vincere. E ti prometto che la nonna tornerà non appena avrà finito le commissioni. Ti amiamo tutti moltissimo.»

«Anche Gattinavius?» chiese, sollevando leggermente il capo.

«Anche Gattavius» la rassicurai con una risatina. «Solo che lui ancora non lo sa.»

14

Sia a me che a Cachemire avrebbe fatto bene cambiare un po' aria, così le misi il guinzaglio e ci recammo in auto in centro per guardare le vetrine.

«Sei mai stata da queste parti?» le chiesi, mentre passeggiavamo lungo gli stretti marciapiedi che costeggiavano la zona commerciale della nostra piccola città di mare.

«No» rispose Cachemire. Poi si fermò di colpo, per accucciarsi a fare pipì accanto a un giovane albero che aveva già iniziato a cambiare colore per l'autunno. «Ma mi piace moltissimo. Ci sono così tanti odori deliziosi!»

Sorrisi e annuii, pur essendo certa che le nostre definizioni di *delizioso* fossero sostanzialmente diverse. Cachemire, però, era di nuovo contenta, ed era ciò che contava di più.

«Qual è il tuo odore preferito?» chiesi, tanto per fare due chiacchiere.

«Oh, senza dubbio quello delle pipì!» rispose entusiasta, più felice di un maialino che si rotola nel fango, mentre fiutava con entusiasmo l'inebriante – almeno per lei – aroma delle suddette.

Decisi di non fare altre domande per il momento. Invece, proseguimmo con la passeggiata, effettuando frequenti soste per consentirle di annusare tutto ciò che catturava la sua attenzione.

«Ehilà, Angie, buongiorno!» mi salutò il signor Gable, il proprietario della gioielleria, appoggiato accanto alla vetrina del negozio, intento a prendersi una pausa con una tazza di caffè fumante fra le mani. L'anziano gioielliere era una delle colonne portanti di Glendale, perciò non c'era affatto da meravigliarsi che, di recente, fosse stato eletto capo del consiglio cittadino.

«Buongiorno, signor Gable» risposi, accelerando il passo per raggiungerlo.

«E chi è questa bella piccolina?» L'uomo dai capelli bianchi si chinò lentamente, sorridendo a Cachemire e lasciando che gli annusasse le mani. E anche il caffè.

«Lei è Cachemire» annunciai con orgoglio. «È appena venuta a stare da noi.»

Lui rise bonariamente: «Beh, scommetto che il vostro gatto non ne è affatto contento.»

«Poco ma sicuro!» risposi con una risatina. Speravo che il suo benevolo commento non ritrasformasse la chihuahua in una palla di pelo ansiosa e tremante.

Per fortuna, in quel momento la cagnolina era troppo presa dalla gentilezza del suo nuovo amico per preoccuparsi dell'ostilità del suo burbero coinquilino tigrato.

Io e il signor Gable chiacchierammo ancora per qualche minuto dei preparativi per lo spettacolo natalizio di quell'anno. Mancavano ancora tre mesi abbondanti, ma era cosa risaputa che i negozi del centro iniziassero a progettarlo già dal ventisei dicembre dell'anno precedente. Il festival annuale diventava più ampio e fastoso a ogni edizione, e non vedevo l'ora di scoprire cosa si fossero inventati per il Natale di quell'anno.

Tuttavia, il signor Gable rifiutò di svelarmi anche solo qualche dettaglio: «È ancora più bello se è una sorpresa!» promise, facendomi l'occhiolino come se fosse Babbo Natale in persona.

Stavo per provare a insistere, quando un movimento inaspettato lungo la strada attirò la mia attenzione. Badate bene, ci trovavamo nel centro di Glendale, quindi c'era un gran viavai di persone, cani e veicoli, anche a metà giornata.

In qualche modo, però, sapevo che quella pallida figura, comparsa all'improvviso, non era parte del normale andirivieni. Immagino di poter dire che il mio sesto senso felino era entrato in azione.

Anche Cachemire aveva percepito qualcosa, perché mi diede dei colpetti sul piede con il naso e disse: «È quella signorina gentile che abbiamo fiutato l'altro giorno, quando siamo andate al rifugio. Ricordi?»

Aveva ragione. La sospetta Trish era comparsa un'altra volta sul mio cammino, e volevo scoprire perché.

«Grazie per la piacevole chiacchierata» dissi al signor Gable con un breve cenno di saluto. «Arrivederci a presto.»

Presi in braccio Cachemire, anche se sapevo che, probabilmente, avrebbe preferito camminare, e mi affrettai a tornare nella direzione da cui eravamo venute. Avevo bisogno di tenermi la cagnolina più vicino possibile, in modo da poterle sussurrare all'orecchio il da farsi.

«Ora dobbiamo fare piano piano e non fare il

minimo rumore» le dissi, sentendomi come Taddeo dei Looney Tunes. Tuttavia, non stavamo dando la caccia ai conigli: stavamo inseguendo una sospettata —una cosa molto più pericolosa.

«Se riusciamo a restare in silenzio e ben nascoste abbastanza a lungo, credo che riusciremo a vincere a *Detective*» le promisi con un bel sorriso.

Cachemire sussultò, ma non disse nulla. Brava cagnolina!

Trish tagliò per un vicolo, e io allungai il passo per starle dietro, accertandomi di mantenermi sufficientemente lontana affinché non mi notasse. La giovane si fermò in un parcheggio e rimase in attesa.

Io e Cachemire ci nascondemmo dietro un cassonetto dei rifiuti. Nessuna delle due osava fiatare.

Poco dopo vidi arrivare una grossa Cadillac malconcia, che avanzava rumorosamente sul terreno ghiaioso. Il guidatore era senza dubbio un uomo, come potei capire dalla voce profonda; ma da così lontano non riuscii a cogliere altro, se non la sua figura sottile. Lui e Trish parlarono per qualche minuto, poi l'uomo tornò verso la macchina e aprì il bagagliaio.

Lo spazioso vano interno traboccava di confezioni di cibo per animali, ancora imballate: se l'uomo misterioso intendeva fare una donazione al rifugio, aveva scelto un modo davvero ambiguo per effettuarla.

Non ebbi tempo di interrogarmici a lungo, perché un istante dopo vidi Trish tirare fuori un mucchietto di banconote da una tasca e consegnargliele.

Era più che sufficiente a farmi entrare in azione. Per prima cosa presi il cellulare, e con lo zoom fotografai la targa dell'auto. Avrebbe potuto servirmi in seguito. Poi telefonai al mio buon amico, l'agente Bouchard, dicendogli che doveva raggiungermi subito.

«Abbiamo vinto a *Detective*?» mi chiese Cachemire, fissandomi con gli occhietti neri che scintillavano.

«Credo di sì» le dissi, accarezzandola per mostrarle che aveva fatto un buon lavoro. «Ma dobbiamo restare in silenzio ancora per un po' per poterne essere sicure.»

Osservammo Trish e l'uomo discutere, poi lui risalì in auto e se ne andò, portando via con sé sia il denaro che il cibo per animali. Trish gemette e si riavviò verso il vicolo, avvicinandosi pericolosamente al cassonetto dietro al quale io e Cachemire eravamo ancora nascoste.

Uh-oh.

Dovevo pensare in fretta. Posai la cagnolina a

terra e strillai: «Mio Dio, Cachemire! Sei qui! Ti ho cercata ovunque!»

«Sì, sono qui, mammina» abbaiò la chihuahua, che non aveva capito bene il mio stratagemma.

Trish ci superò senza nemmeno dar segno di riconoscerci, così le gridai dietro: «Ehi, Trish. Sei proprio tu? È la terza volta che ci incontriamo nel giro di ventiquattr'ore. Che combinazione, eh?»

Lei fece una smorfia, ma si fermò: «Mi scusi, non ho tempo per chiacchierare ora. È comunque un piacere rivederla.» Senza attendere risposta, riprese a camminare a passo svelto e si allontanò lungo il vicolo.

Eh, no, niente affatto. Non te la caverai così facilmente.

Doveva avere davvero parecchie cose a cui pensare, perché io e Cachemire riuscimmo a seguirla con facilità senza farci scoprire. Trish procedeva velocemente e, per la seconda volta in quella giornata, desiderai essere più in forma. In qualche modo riuscii comunque a starle dietro, e lei ci condusse a un secondo parcheggio sull'altro lato del centro di Glendale, dove l'uomo di prima la aspettava, seduto in auto.

«Bingo!» bisbigliai. Poi mandai un messaggio

all'agente Bouchard per dirgli che ora ci trovavamo nel parcheggio a nord.

Trish si avvicinò a una berlina bianco sporco e aprì il bagagliaio, poi lei e l'uomo iniziarono a spostare il contenuto dell'auto di lui in quello di lei. Erano circa a metà dell'opera quando giunse la volante dell'agente Bouchard.

Ero esaltatissima. Il mio amico poliziotto era riuscito ad arrivare in tempo e ora eravamo al dunque. Qualcuno sarebbe finito in grossi guai.

15

’uomo chiuse di scatto il bagagliaio, ma non abbastanza in fretta da non farsi notare dal poliziotto, appena giunto sul posto.

Era il momento di uscire dal mio nascondiglio. Questa volta non c’erano cassonetti, così mi era toccato appiattirmi bene contro un muro di mattoni nel vicolo. Mi feci strada nel parcheggio ostentando più sicurezza di quanta ne provassi in realtà—e che avrei potuto provare solo quando fossi stata certa di aver beccato il malvivente che rubava fondi al rifugio per animali.

L’agente Bouchard fu il primo a vedermi e sollevò una mano in segno di saluto.

Trish e il suo complice si voltarono verso di me e,

quando mi notò, gli occhi di lei si riempirono di disprezzo: «Mi ha seguita!» strillò.

«Calma, calma» disse l'agente Bouchard nel tentativo di rabbonirla. «Non vogliamo creare più problemi di quanti non ce ne siano già. Lei, giovanotto, apra il bagagliaio.»

Ora ero abbastanza vicina da vedere il volto dell'uomo. Era alto e smilzo, con la pelle chiara e i capelli ancor più chiari. Per quel che ne sapevo, non l'avevo mai visto in vita mia.

«Ehi, aspetti un momento» protestò Trish, puntandomi contro un dito minaccioso. «Quella donna mi ha seguita. Lo stalking non è, tipo, illegale?»

«Non *tipo*. È illegale e basta, ma qualcosa mi dice che abbiamo qualcosa di ben più illegale in quel bagagliaio, e la signorina Russo ha fatto il suo dovere di buona cittadina tenendola d'occhio finché non sono riuscito a intervenire per gestire personalmente la situazione. Ora apra quel bagagliaio.»

L'uomo fece come gli era stato detto, rivelando nuovamente una gran quantità di cibo per animali ancora imballato.

«Ora quello, per cortesia» disse l'agente indicando l'auto color bianco sporco di Trish e attendendo che lei obbedisse all'ordine.

«Bene, bene, bene» commentò l'agente Bouchard con un risolino. «Queste sembrerebbero proprio le scorte di cui un negozio di Dewdrop Springs ha segnalato il furto stamattina.» Sollevò un sopracciglio e rivolse un'occhiata al giovanotto biondo: «O forse mi sbaglio?»

«Io non ne so niente, amico, sono solo il tramite. È stata lei a ideare tutto.»

Se anche era pentito, non lo diede minimamente a vedere. Mi chiesi se non fosse uno del posto, se avesse pensato che nessuno si sarebbe accorto delle merci mancanti. A quanto pareva, non aveva preso in considerazione il fatto che, in una piccola cittadina come la nostra, tutti notano sempre ogni dettaglio.

Trish pestò i piedi: «Come osi addossarmi tutta la colpa!»

«Basta così!» tuonò l'agente Bouchard. «Chi ha rubato questa roba, e perché?»

«Io non ho rubato proprio niente» sbottò Trish. «Ho acquistato questa merce onestamente.»

Il poliziotto incrociò le braccia e li squadrò entrambi dall'alto in baso: «Non me la bevo di certo, signorina. Perché acquistare cibo per animali da un tizio che lo tiene nel bagagliaio dell'auto, quando non ci vorrebbe niente ad andare in un negozio per animali e comprarlo lì? Sa, come fa la gente di solito?»

«Ce lo vendeva con un notevole sconto. Dobbiamo risparmiare. Il rifugio naviga in cattive acque e... Cercavo solo di aiutare quei poveri animali!»

«Andiamo» disse l'agente Bouchard facendo un cenno verso la volante in attesa. «Vorrei proprio saperne di più su questa storia, quando saremo in centrale. Siete invitati entrambi.»

Trish mi lanciò un'occhiataccia mentre il poliziotto la scortava verso la volante. Non aveva ammanettato né lei né l'uomo con il bagagliaio pieno di merce rubata, ma aveva chiamato rinforzi per sgombrare la scena del crimine ed effettuare i rilievi del caso mentre lui si occupava dei sospettati.

«Grazie, Russo» mi disse, voltandosi verso di me. «Ma devo proprio chiedertelo: come mai hai deciso di seguire quella donna?»

Lo ragguagliai rapidamente sui sospetti e le scoperte mie e della nonna, concludendo con un melodrammatico: «E quella ragazza, in realtà, nemmeno lavora al rifugio. Almeno credo.»

«Già, tu e tua nonna. Prima o poi dovremo proprio assumervi ufficialmente a lavorare per la nostra contea. Ma per ora ti prometto questo: scopriremo cosa sta succedendo al rifugio. Rubare agli animali bisognosi è davvero spregevole, e non mi piace che ci sia gente del genere a piede libero nella nostra città. Ora che ci penso, ho adottato entrambi i miei gatti proprio da quel rifugio.»

«Agente Bouchard» lo presi in giro con un sorriso, assestandogli un'amichevole spallata. «Non avevo idea che fosse un amante dei gatti.»

Lui riassunse l'espressione severa da poliziotto e inspirò: «Beh, signorina Russo, non lo racconti in giro. Mi sono già beccato la mia buona dose di canzonature dai colleghi in centrale.»

«Il tuo segreto è al sicuro con me» promisi. Mi piaceva quel nuovo lato di lui che avevo appena scoperto. Anche io ero un'amante dei gatti, in fin dei conti. Beh, almeno nella maggior parte delle occasioni.

«Qui ora ci penso io» mi informò. «Cerca di goderti il resto della giornata.» Mi rivolse un cenno affermativo con il capo, che interpretai come un congedo formale dall'indagine. Auspicabilmente, da quel momento in poi le forze dell'ordine si sarebbero occupate di risolvere il caso, il che significava che io e la nonna ci saremmo potute dedicare a cercare di risolvere il piccolo mistero in casa nostra. Ovvero, come mai gli oggetti fragili continuavano a rompersi senza ragione apparente.

«Abbiamo vinto?» chiese Cachemire mentre tornavamo sui nostri passi, addentrandoci nel vicolo.

«Sì. I cattivi sono stati catturati, e tutto è bene quel che finisce bene» la rassicurai. Mi mancava avere Gattavius al mio fianco nelle indagini, ma anche Cachemire non era male come assistente. Con il tempo, avrebbe potuto imparare. Avremmo potuto fare un ottimo lavoro noi tre insieme... Certo, se Gattavius avesse mai superato la sua assurda avversione nei confronti dei cani.

Poi la cagnolina pose una domanda che non mi sarei aspettata: «A me quegli umani sembravano buoni e gentili. Come fai a sapere che sono cattivi?»

«Perché hanno fatto delle brutte cose» risposi semplicemente e con onestà.

Lei ci rifletté su per qualche istante, poi chiese: «Quindi se faccio delle cose brutte significa che sono cattiva?»

«No, non è la stessa cosa.»

«Perché no?» Abbassò le orecchie, assumendo un aspetto ancora più tenero e cuccioloso del solito.

Era evidente che dovevo prendere una decisione: potevo lasciare che la piccola chihuahua continuasse a vedere il lato migliore delle persone, o mandare in pezzi la sua innocenza, spiegandole quanto potesse rivelarsi crudele il mondo certe volte.

A ben pensarci, la mia nuova piccolina mi piaceva esattamente così com'era, quindi risposi: «Sai cosa ti dico, Cache? Hai ragione tu. Era solo un gioco. Ora andiamo a vedere se la nonna è già tornata a casa, ok?»

«Oh, sì! È *una vita* che non la vedo! Mi manca così tanto!» strillò Cachemire. Sembrava che avesse già dimenticato la nostra conversazione di poco prima sull'etica e la morale.

Forse per me era giunto il momento di fare ritorno al Blueberry Bay Community College e prendermi l'ottavo diploma universitario, questa volta in Filosofia. Volevo essere pronta la prossima volta che la mia cagnolina mi avesse posto domande tanto profonde.

Inviai un messaggino alla nonna per dirle che stavamo tornando a casa e chiederle se l'avremmo trovata lì; poi lasciai che la dolce Cachemire si prendesse tutto il tempo di cui aveva bisogno per una piacevole passeggiata in centro a caccia di odori interessanti.

E lei si accertò di comunicarmelo ogni volta che ne trovava uno nuovo. Soprattutto se si trattava di pipì.

I cani sono proprio bizzarri, a volte.

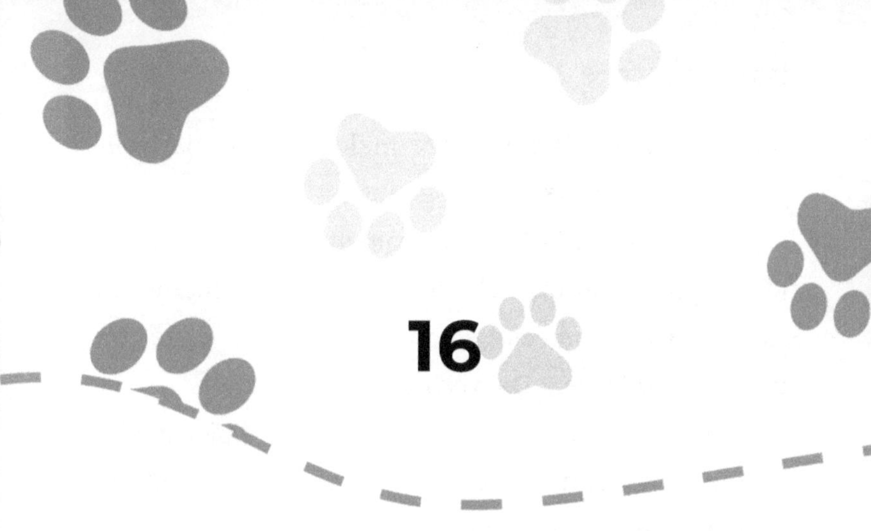

16

La nonna tornò a casa prima di me e Cachemire, il che fu un bene, considerando cosa ci aspettava al nostro arrivo.

«C'è pupù ovunque!» strillai, con un gemito di disgusto.

«Avresti dovuto vedere com'era ridotto qui *prima* che iniziassi a ripulire.» La nonna spruzzò dell'altro detergente ecologico sul tappeto e prese a strofinare vigorosamente una macchia maleodorante.

«Che schifo!» Incrociai le braccia e cercai di valutare la gravità della situazione, accigliata. «Credi che il tappeto tornerà come prima? È un pezzo di valore, fa parte degli arredi originari della casa.»

La nonna fece una pausa e mi fissò con le sopracciglia inarcate: «Quello che mi preoccupa di più è che uno degli animali deve stare male sul serio per aver combinato un pasticcio del genere.»

Cachemire mi diede dei colpetti sulla gamba con le zampe anteriori, chiedendo insistentemente di essere presa in braccio: «Non sono stata io» disse con un sussurro triste. «Davvero.»

«Non può essere stata Cachemire» spiegai alla nonna, rimettendo la cagnolina a terra e infilandomi un paio di spessi guanti gialli di gomma per aiutarla a ripulire il disastro. «È stata sempre con me, e qui era tutto in ordine quando siamo uscite per la nostra passeggiata.»

«Ok.» La nonna passò a un'altra macchia sul tappeto e riprese a strofinare con vigore. «Ma penso che sarebbe comunque meglio portarli entrambi dalla veterinaria. Magari ci darà qualche consiglio per aiutarli ad adattarsi alla nuova situazione.»

«Ma Cachemire non ha nessun problema» le ricordai. «È Gattavius che è testardo come un mulo.»

«Beh, dovremo pur fare qualcosa.» La nonna fissò con ostilità la macchia e spruzzò dell'altro detergente. «E se Octavius non stesse solo facendo i capricci? Se fosse davvero malato?»

Quel pensiero non mi aveva neanche sfiorata fino a quel momento, ma ora che la nonna aveva ventilato quell'ipotesi, non riuscivo a pensare ad altro. Anche se mi aveva fatta arrabbiare parecchio negli ultimi giorni, Gattavius era pur sempre il mio migliore amico e non riuscivo nemmeno a immaginare la mia vita senza di lui.

«Ho raccolto un campione di feci prima di iniziare a ripulire, così la veterinaria potrà effettuare gli esami necessari. Le ho già telefonato, dicendole che saremmo passate in studio a breve.»

«Allora andiamo» dissi, sfilandomi i guanti e prendendo la borsa appoggiata sul tavolino da caffè. «Potremo finire di pulire più tardi.»

La nonna fece lo stesso: «Mi do una lavata veloce, prendo il campione e ti aspetto in auto con Cachemire. Tu vai di sopra a prendere Gattavius.»

Giusto.

Al mio gatto non piacevano i viaggi in auto già nelle circostanze più propizie; ora che era arrabbiato e gli si prospettava un tragitto in macchina con la sua nemica giurata, sarebbe stato impossibile convincerlo a venire di sua spontanea volontà.

Riflettei rapidamente sulle opzioni a disposizione mentre salivo le scale di corsa per andare a prenderlo. Avrei potuto provare a chiederglielo con gentilezza, ma questo lo avrebbe messo in allerta sulle mie intenzioni e avrebbe reso ancora più difficile acchiapparlo quando si fosse rifiutato di seguirmi con le buone.

Avrei anche potuto provare a mettergli guinzaglio e pettorina ma, come ben sapevo per esperienza, bisognava essere in due per avere qualche possibilità di riuscita. Quindi mi restava una sola possibilità, che sapevo avrebbe detestato più di ogni altra: il trasportino.

Non l'avevo mai utilizzato finora, ma la sua sola presenza in casa era una costante fonte di scontento per il tigrato.

Beh, se non altro avrei finalmente avuto l'opportunità di capire se fosse utile.

Presi il tanto detestato oggetto dallo sgabuzzino e soffiai via il sottile strato di polvere che ne ricopriva la parte superiore, realizzata in plastica. Salii le scale che conducevano alla torretta il più silenziosamente possibile ed entrai in camera mia, cercando di nascondere l'ingombrante aggeggio dietro di me.

Non funzionò.

«Ti vedo» soffiò il mio gatto da sotto al letto. «E qualunque cosa tu voglia da me, la risposta è *no e poi no!*»

«Mi dispiace farti questo» risposi, spostando il letto dalla parete con una serie di sbuffi e strattoni. «Ma non posso più lasciarti qui a deperire un giorno dopo l'altro, soprattutto dato che non stai bene.»

Gattavius si spostò insieme al letto, rimanendoci

sempre perfettamente al centro, cosa che lo rendeva terribilmente difficile da raggiungere. Anche stendendomi a terra a pancia in giù e allungando le braccia, riuscivo a malapena a sfiorargli la punta della coda con le dita.

«Non intendo venir fuori, e non puoi costringermi.»

Accidenti. Perché doveva essere così difficile?

Non volevo stressarlo, dato che aveva già la pancia sottosopra, ma convincerlo a uscire sembrava impossibile. Certe volte la possibilità di comunicare a parole facilitava alcuni aspetti del nostro rapporto, ma altre volte rendeva tutto ancora più complicato. Come in questo caso.

Pensa, Angie. Pensa!

Fu allora che mi venne un'idea che ero quasi certa avrebbe funzionato. Andai alla scrivania e presi il portachiavi dotato di puntatore laser che tenevo nel primo cassetto in caso di emergenza, poi tirai via il piumone dal letto e me lo strinsi fra le braccia. Tenendo ben stretta la coperta ammassata con una mano, usai l'altra per accendere la lucina del puntatore.

Il puntino rosso prese vita sul tappeto davanti a me.

Una nostra vecchia conoscenza aveva utilizzato

l'irresistibile attrazione che la luce del puntatore esercita sui felini per spingere due ignari gatti a fare qualcosa di orribile. All'epoca, Gattavius mi aveva spiegato che, anche se razionalmente la maggior parte dei gatti sa che il puntino è solo una lucina, i felini, quando lo vedono, non riescono comunque a resistere alla tentazione di balzare ad acchiapparlo.

Era esattamente su questo che contavo.

Il puntino rosso prese a danzare quando agitai la mano e, quando flettei il polso, fece un balzo selvaggio di lato.

Gattavius schizzò fuori da sotto al letto alla velocità della luce.

Per fortuna fui abbastanza veloce da riuscire a gettargli addosso la coperta, che utilizzai come rete improvvisata e... Preso!

Ora era intrappolato, ed era furibondo: «Non ti perdonerò mai questo tradimento, Angela! Mai, in tutte le mie vite!»

«Mi dispiace» balbettai di nuovo, tirando su la coperta con lui dentro, per poi farlo uscire direttamente nel trasportino.

Ecco fatto.

C'ero riuscita e, per miracolo, ne eravamo usciti entrambi illesi.

«Non preoccuparti» gli dissi con dolcezza, anche

se avevo il fiatone per la fatica che mi era costata quell'impresa. «La veterinaria saprà cosa fare per rimetterti in sesto. Ti sentirai in forma come prima in un batter d'occhi.»

«Ma non sono mica malato» obiettò, subito prima di rigettare una palla di pelo dentro al trasportino.

17

La nostra solita veterinaria non era in ambulatorio quel giorno, ma la neoassunta dello studio riuscì a trovare il tempo per una visita d'emergenza fra un paziente e l'altro. A giudicare dalla pelle perfetta e dalla postura briosa, la dottoressa Britt Lowe doveva aver terminato gli studi da poco. Ma se la sua potenziale mancanza di esperienza mi preoccupava, l'atteggiamento amichevole e il modo di parlare esperto mi misero subito a mio agio.

«Al telefono avete detto che uno degli animali, probabilmente il gatto, ha avuto un grave attacco di diarrea. C'è altro?» chiese, alzando gli occhi dalla cartella clinica per guardare me e la nonna, appollaiate su due seggioline identiche nell'angusto ambulatorio.

Dall'interno del trasportino, appoggiato sul pavimento accanto a me, Gattavius emise un ringhio.

«*Mmm*, non sembra per niente contento» disse la dottoressa Lowe, accigliata. «Le dispiace se lo tiriamo fuori da lì mentre parliamo? Quando gli animali sono così nervosi, è meglio procedere con la visita il più in fretta possibile. Povero piccolino.»

«Certo, come preferisce.» Sollevai il trasportino, lo appoggiai sul tavolo di metallo e lasciai che la veterinaria aprisse lo sportello.

Gattavius cercò subito di darsi alla fuga, ma lei lo acchiappò senza difficoltà e approfittò della presa per esaminare gli occhi e i denti del felino furioso.

«Bravo micione» gli disse in tono rassicurante. Supposi che l'unico motivo per cui era riuscita a evitare di beccarsi un morso era il fatto di non averlo definito gattino. Qualcosa nel suo modo di fare esperto era riuscito a placarlo un po'. Forse lui sapeva che, in fondo, la dottoressa era dalla sua parte; che voleva solo che fosse contento e si sentisse meglio.

Non che io non desiderassi le stesse cose, ma...

La dottoressa Lowe lo appoggiò sul tavolo, tenendogli una mano appoggiata sulla schiena e facendomi cenno di avvicinarmi. «Ora lo tenga forte. La maggior parte dei gatti non gradisce questa parte della visita.»

Prima che potessi chiederle a cosa si riferisse, gli aveva infilato il termometro nel didietro.

Gli occhi di Gattavius si spalancarono talmente tanto da conferirgli un'espressione comica, ma non proferì parola finché la veterinaria non ebbe finito. «Sono stato molestato» gemette.

La dottoressa Lowe corrugò la fronte: «La temperatura è nella norma, e sembra in ottima salute. Siete sicure che non sia il cane ad avere dei problemi?»

«Ne siamo certe» rispose la nonna. «Ma ho portato un campione di feci, nel caso potesse essere utile.» Mi porse Cachemire e si mise a frugare nella borsa della spesa usa e getta che aveva portato con sé, finché non trovò il contenitore sterile.

«Oh, cielo» disse la veterinaria scoppiando a ridere. «Credo di aver capito qual è il problema.»

«Non dovrebbe testarlo, prima?» chiesi. Non riuscivo a capire cosa ci fosse di tanto divertente in quella situazione disgustosa.

«No, non è necessario. Vede, queste non sono feci di gatto. Né di cane, peraltro.»

«Ti ho detto che sto benissimo» borbottò Gattavius, imbronciato, dall'interno del trasportino.

«E allora di che si tratta?» chiesi senza capire.

La dottoressa Lowe espose il campione alla luce, e tutte lo fissammo mentre spiegava: «Queste appartengono di sicuro a un animale selvatico. Direi a un procione, a giudicare dalle dimensioni.»

Un procione!

Ora finalmente tutto aveva senso. Di per sé, Gattavius non poteva trovarsi in due luoghi nello stesso momento, ma poteva riuscirci con l'aiuto del suo più grande fan, il procione che viveva nella tana sotto al portico. Si chiamava Pringle, e baciava il terreno su cui il mio viziatissimo gatto camminava.

«Può darci un minuto?» chiese educatamente la nonna. Sembrava che anche lei avesse capito esattamente chi fosse il responsabile degli strani eventi che si erano verificati in casa nostra di recente.

«Certamente.» La veterinaria annuì e uscì dall'ambulatorio da una porta sul retro.

Quando fummo soli, mi chinai in modo da poter guardare Gattavius dritto negli occhi: «Per favore, dimmi che non hai commissionato al tuo amico procione di far incastrare Cachemire per le tue malefatte.»

«No» disse, ma nemmeno lui sembrava crederci.

Mi appoggiai le mani sui fianchi, strinsi gli occhi e attesi.

Il mio gatto si spostò accanto allo sportello del

trasportino e si distese con un sospiro: «Innanzitutto, commissionare implica un pagamento. E non è così: Pringle lo ha fatto gratis. In secondo luogo, non sono le *mie* malefatte. *Io* non ho fatto niente.»

«Ma sei stato *tu* ad architettare il piano» puntualizzai.

Fu allora che mi venne in mente una cosa... «Perché mai avresti fatto rompere una delle tue tazze da tè?»

Il tigrato emise un altro profondo sospiro: «Pringle non è molto bravo a seguire le istruzioni. Ha preso per errore la tazza sbagliata. Credimi, sono molto turbato per questo. Non abbiamo ancora nemmeno celebrato il funerale.»

«E come avremmo potuto, considerando che te ne stai nascosto a complottare tutto il giorno?» chiesi, scuotendo il capo con rabbia.

«Ammetto che non hai tutti i torti» mi concesse Gattavius. «Ma nemmeno io ce li ho. Non voglio che quel cane viva con noi.»

«Perché no?» chiesi.

«Non mi piacciono i cani» brontolò.

Eh, no. Questa volta non se la sarebbe cavata così facilmente. Se davvero detestava Cachemire, doveva almeno sapermi dire perché. Dubitavo che potesse farlo, ed ero più che pronta a dimostrarglielo.

«Ma per quale motivo non ti piace lei nello specifico?» chiesi, sollevando sospettosamente un sopracciglio.

«Perché è un cane. Non è ovvio?»

«Mammina, posso provare a parlarci io?» chiesi Cachemire, ancora in braccio a me. Era così leggera che mi ero quasi dimenticata della sua presenza.

La appoggiai con delicatezza sul tavolo di metallo in modo che lei e Gattavius potessero trovarsi *vis-a-vis*. Mi colpì il fatto che finora lei non ne avesse mai avuto la possibilità: ogni volta lui si era messo a strillare e lamentarsi, per poi fuggire a nascondersi. Ma avrebbe almeno provato ad ascoltarla, ora che era bloccato nel traportino e non poteva filarsela?

«Buongiorno, Gattinavius» iniziò Cachemire, chinando il capo in un gesto di riverenza.

«Non mi chiamo Gattinavius» borbottò lui. Per un attimo temetti che provasse a graffiarla di nuovo, ma il tigrato non sfoderò gli artigli.

O la piccola, coraggiosa Cachemire non era consapevole di camminare sul filo del rasoio per essersi rivolta a un animale parecchio arrabbiato, o era pronta ad affrontare le conseguenze del suo gesto. «Allora devo aver capito male» rispose lei, sbattendo lentamente le palpebre. «Quindi come ti chiami?»

«Il mio nome – e farai bene a ricordartelo, perché

non lo ripeterò una seconda volta – è Egregio Octavius Maxwell Ricardo Edmund Frederick Fulton Russo, detective privato.» Calcò bene la pronuncia delle R come se fosse necessario per pronunciare correttamente tutta quella mostruosità di nome.

Mi tappai la bocca con una mano per evitare di ridere. Ogni volta che declamava il suo nome completo, Gattavius ci aggiungeva qualcosa, tanto che iniziavo a dubitare che gli avessero mai dato davvero un secondo nome.

«È un vero piacere conoscerti, Egregio Octavius Maxwell Ricardo Edmund Frederick Fulton Russo, detective privato» disse la cagnolina, imitando con cura la pronuncia del felino. Spalancai la bocca per la sorpresa. Conoscevo quel gatto da più di un anno e non ero ancora riuscita a memorizzare tutta quella sfilza di nomi. Come aveva fatto la giovane chihuahua a ricordarsi tutta la sequela dopo averla sentita solo una volta?

«Io mi chiamo Cachemire Lee» lo informò, con un altro cortese cenno del capo. «Quando la nonna mi ha adottata, mi ha dato il suo cognome, quindi suppongo che non possiamo considerarci davvero fratello e sorella. Sono molto spiacente se il fatto che ti abbia chiamato fratello ti ha turbato. Ora so che non devo farlo.»

«Non c'è problema» borbottò Gattavius, evidentemente affascinato dai modi impeccabili della cagnetta, anche se non lo avrebbe mai ammesso.

«Mi piacerebbe moltissimo che fossimo amici, ma se non vorrai, lo capirò» sospirò Cachemire. I suoi grandi occhi neri si riempirono di lacrime, ma continuò a parlare coraggiosamente: «Farò del mio meglio per non inseguirti più e per evitare in ogni modo di renderti infelice, ma per favore, posso restare? Questa è anche la mia famiglia, adesso.»

«Suppongo che possa starmi bene» replicò Gattavius, per poi ritirarsi al fondo del trasportino.

La conversazione era giunta al termine e, in qualche modo, eravamo sopravvissuti tutti.

Sarebbe andato tutto bene, in fin dei conti.

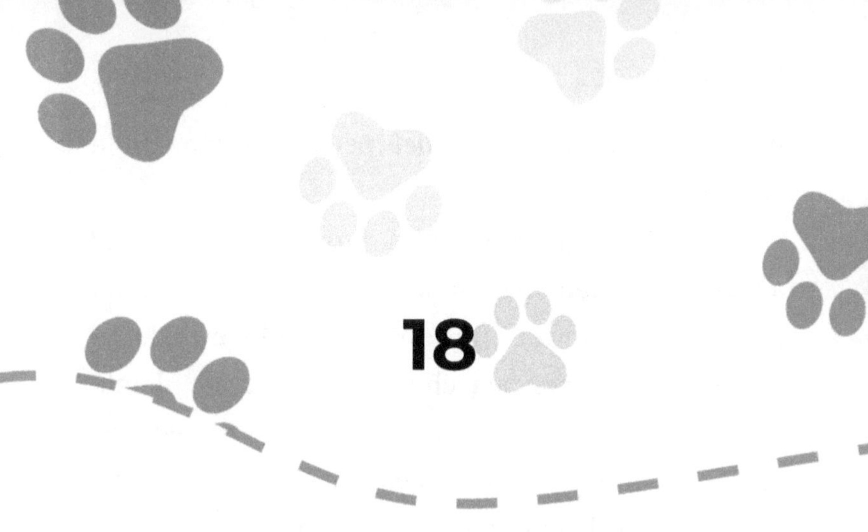

18

Gattavius tenne fede alle sue seppur poco entusiaste parole: smise di restarsene perennemente nascosto nella mia camera da letto e riprese le proprie abitudini. Aveva perfino smesso di andarsene dalla stanza in cui si trovava quando arrivava Cachemire, un fatto che mi parve un notevole passo avanti.

Cachemire prese l'abitudine di non dirgli nulla se non era lui a rivolgerle la parola per primo, e di tanto in tanto il tigrato si imbarcava in una breve conversazione con la cagnolina.

Passarono alcuni giorni e le cose andavano sempre meglio.

Ora che avevamo risolto il mistero degli oggetti rotti e gli animali erano sulla strada giusta per creare un'amicizia duratura, i miei pensieri tornarono a concentrarsi su Trish.

La polizia aveva raccolto prove sufficienti per accusarla di appropriazione indebita, dopo che un impiegato di banca di Dewdrop Spring l'aveva identificata come la persona che aveva incassato il mio assegno e quello della nonna la settimana precedente. Aveva poi utilizzato quel denaro per acquistare cibo per animali rubato per un valore di svariate centinaia di dollari. Tra i contanti e il valore della merce rubata, la cifra ammontava a poco più di mille dollari, sufficienti per avviare una procedura penale secondo le leggi dello stato del Maine. Trish era ancora in attesa di processo, ma Charles mi aveva detto che la pena sarebbe stata una multa salata e, probabilmente, un periodo di reclusione.

Ricordavo ancora quanto fosse stata gentile con me e la nonna la prima volta che l'avevamo vista al rifugio, e il fatto che avesse menzionato di non avere risparmi. Ma era davvero il tipo di persona che avrebbe rubato a degli animali bisognosi per profitto? E, in tal caso, perché mai avrebbe usato i soldi ottenuti dagli assegni per comprare loro del cibo?

Qualcosa non quadrava in quella situazione, ma non riuscivo a capire di cosa si trattasse. Poiché non trovavo risposte, misi da parte i miei dubbi su Trish e il peculato per dedicarmi alla creazione di un sito web per la mia nuova agenzia investigativa. Prima o poi avremmo avuto dei clienti, e volevo essere pronta a stupirli con effetti speciali quando avessero iniziato a richiedere il nostro aiuto.

Forse un giorno Gattavius avrebbe accettato di includere anche Cachemire nella squadra investigativa. Per quanto mi riguardava, sapevo bene che alla cagnolina sarebbe piaciuto avere la possibilità di giocare – e vincere – di nuovo a *Detective*.

Quella mattina Cachemire decise di festeggiare la neonata amicizia con Gattavius portandogli un regalo. Avevamo appena finito di prendere il tè, quando la vedemmo schizzare nell'ingresso attraverso la gattaiola elettronica. Ora anche il suo collare era dotato di un microchip, quindi anche lei poteva entrare e uscire a suo piacimento—proprio come il suo eroe, Gattavius.

Inoltre, il nostro amico procione, Pringle, si era beccato una sonora ramanzina e il divieto a vita di farsi rivedere in casa, a prescindere da cosa potesse avere da dire Gattavius in merito.

«Ehi, piccolina» la chiamò la nonna quando vide la sua minuscola sagoma scura attraversare l'ingresso. «Che cos'hai lì?»

In effetti, Cachemire teneva in bocca qualcosa di

piuttosto grosso; lo portò direttamente a Gattavius e glielo depositò ai piedi, scodinzolando in preda alla gioia talmente tanto che la coda era solo una nuvoletta indistinta. Grazie al cielo, il tigrato era steso sul pavimento e non sul divano, perché il dono in questione si rivelò essere un grosso topo sporco di sangue.

Morto stecchito, ovviamente.

Gattavius osservò il cadavere di fronte a sé, poi rivolse lo sguardo a Cachemire. I suoi occhi si addolcirono mentre le chiedeva: «È per me?»

Lei sbatté le palpebre, rabbrividì e scodinzolò: «Ai gatti piacciono i topi. Giusto?»

Gattavius ci sorprese tutti sfoderando un sorriso ampio e genuino.

«Sì, e se sono già morti, tanto meglio. Ottimo lavoro, ragazzina.»

La vista del topo mi faceva venire da vomitare, ma ero troppo felice per lasciare che il mio stomaco rivoltato si frapponesse fra loro in quel momento così importante per il loro rapporto.

«Giusto per farvelo sapere, dovrebbero essere i gatti a cacciare i topi» dissi a entrambi.

«È un modo di pensare così arretrato!» protestò Gattavius. «Inoltre, lo ha preso per me, il che significa che, in pratica, sono stato io ad acchiapparlo.»

Cachemire batteva la coda a terra, deliziata da ogni sua parola.

«Bella scusa» dissi con una risatina sarcastica. «Ma non puoi prenderti il merito per le azioni di qualcun altro—» Mi interruppi di colpo e guardai la nonna.

«Che succede, tesoro?» chiese lei, bevendo un altro sorso di tè.

«Trish» dissi, ripensando a quanto fossi stata sicura di aver catturato il colpevole e risolto il mistero del rifugio. Troppo sicura. Le prove erano fin troppo evidenti, come un bel regalino pronto per essere aperto.

«Che vuoi dire?» chiese la nonna, mentre gli animali continuavano a godersi per conto proprio il loro momento di gioia legato al disgustoso dono.

«E se non fosse stata lei a rubare denaro al rifugio? Se fosse stato qualcun altro che ha fatto in modo di far ricadere la colpa su di lei?»

«Credi che sia stata incastrata?»

Il tono piatto della nonna mi infastidì. Davvero non riteneva plausibile che fossi sul punto di scoprire qualcosa di importante?

«Non ne sono certa, ma è possibile. Le prove sono perfino troppo evidenti, sembrano fabbricate apposta» spiegai, utilizzando gli stessi ampi gesti delle mani che mio padre, di origine italo-americana, spesso utilizzava quando cercava di convincere qualcuno di avere ragione. «O è una pessima criminale, o non lo è affatto.»

«Interessante» disse la nonna, pucciando nel tè un biscotto ripieno di crema.

«Pensaci. Era lì a ficcare il naso dopo l'orario di chiusura. Ha distrutto quel documento. L'ho vista a Dewdrop Springs la sera in cui ci è andata per incassare i nostri assegni, e non è stata per nulla discreta quando ha comprato quella merce rubata in pieno giorno.»

«Ma non ha anche mentito, dicendo a quelli del centro benessere che il comune aveva tagliato i fondi al rifugio?» sottolineò lei, con lo sguardo fisso sulla sua tazza di tè. «Charles è andato a controllare e ha detto che non è così.»

«Sì, ma—ecco! Quando siamo tornate al rifugio il giorno successivo, anche la signora anziana, Pearl, ha parlato del taglio dei fondi.»

«Chi sarebbe anziana?» Finalmente il tono di voce della nonna si era ravvivato. «Guarda che Pearl ha almeno quindici anni meno di me!»

«Scusa, nonna» mormorai. «Ma tu la conosci bene? Sembravate piuttosto in confidenza, ma di me si ricordava a malapena.»

«Frequentava anche lei il corso d'arte quest'estate.» Finì di bere il tè e posò tazza e piattino sul tavolo, poi si appoggiò allo schienale della sedia.

«Credi sia il tipo che potrebbe sottrarre fondi al rifugio e mentire a quel modo?»

«Proprio no. Non faceva altro che raccontare del suo lavoro di volontaria per il rifugio. Ama quegli animali come se fossero suoi.»

«Allora chi altri avrebbe potuto avere i mezzi, l'opportunità e il movente per rubare quei soldi?»

«Trish ha detto di essere a corto di denaro quando ci siamo imbattute in lei quella volta» ragionò la nonna. «Il denaro è sempre un ottimo movente, che se ne abbia molto o poco.»

«Deve trattarsi di qualcuno che lavora lì. Che abbia accesso ai fondi.» Mentre riflettevo mi strappai una pellicina, una cattiva abitudine che credevo di essermi lasciata alle spalle. Evidentemente non era così.

«Nonché qualcuno che possa essersi inventato la questione dei tagli ai fondi e che abbia sufficiente credibilità da poterne convincere gli altri.» La nonna annuì e si morse il labbro. Che coppia eravamo!

Entrambe riflettemmo per qualche istante, poi all'improvviso tutto ci fu chiaro.

«Il signor Leavitt!» strillammo all'unisono, voltandoci l'una verso l'altra in preda all'esaltazione.

«La pagherà!» dichiarò la nonna, come se stesse facendo una promessa solenne.

«Dobbiamo riuscire a farlo confessare in qualche modo» dissi, perché a quanto pareva toccava a me dichiarare l'ovvio. «Qualche idea su come fare?»

«Chiedo scusa» intervenne Gattavius, che sorrideva ancora, raggiante e orgoglioso, dietro al suo raccapricciante dono. Non mi ero nemmeno accorta che stesse prestando attenzione alla conversazione. «Credo di avere un'idea» disse. Poi ridacchiò, soddisfatto.

Il mio compagno d'indagini era finalmente tornato!

19

UNA SETTIMANA DOPO...

Mia madre teneva un microfono sotto al naso della nonna, sorridendole con orgoglio filiale: «E pensare che ti ci sono volute meno di due settimane per organizzare questo fantastico evento.»

La nonna aveva raccolto i capelli in uno chignon a conchiglia e si era truccata con un audace rossetto rosso. Aveva anche commissionato la realizzazione di un abito speciale che avrebbe indossato al galà. Si trattava di un vestito di satin rosa con il collo e le maniche bordati di piccole impronte di zampe, realizzate con perline d'argento. L'effetto finale era stupefacente.

Nonostante l'evento fosse stato organizzato in gran fretta, sembrava che l'intera Glendale avesse deciso di presenziare alla raccolta fondi organizzata dalla nonna a sostegno del rifugio per animali. Nonché una buona metà degli abitanti delle cittadine vicine. Mia madre era arrivata con un cameraman per girare un reportage per il notiziario locale.

Già, era un evento di grande rilevanza.

Mentre mia madre intervistava la nonna, feci un altro giro per casa. Avevamo infatti deciso di utilizzare la tenuta come location per il galà. Il signor Gable, a capo del consiglio cittadino, ci aveva dato una mano procurandoci un gran numero di ampi tendoni dall'aspetto elegante, che avevamo sistemato all'esterno per poter accogliere una maggior quantità di ospiti.

Il galà di raccolta fondi includeva una cena di gala, un'asta silenziosa e la possibilità, per gli ospiti, di compilare generosi assegni a supporto del rifugio. Ci eravamo anche accertate di radunare in casa tutte le persone da tenere d'occhio, in modo che fosse più facile tenere sotto controllo la situazione. Se tutto fosse andato secondo i piani, saremmo riuscite a incastrare il nostro sospettato prima della conclusione del ricevimento.

Avevo deciso di indossare un abitino nero, in

modo da potermi aggirare furtivamente se fosse stato necessario. All'orecchio avevo un auricolare Bluetooth, che mi avrebbe permesso di comunicare con Gattavius per tenerci aggiornati sull'andamento degli eventi nel corso della serata. Avrei fatto in modo che la gente pensasse che mi stavo occupando degli aspetti organizzativi del galà, così avrei potuto parlare liberamente senza attirare troppo l'attenzione.

Avevamo bloccato l'accesso alla scalinata, per evitare che gli ospiti vagabondassero ai piani superiori, e anche per nascondere Gattavius, che se ne stava appollaiato accanto alle colonnine della balaustra che delimitava il corridoio al piano di sopra. Il suo compito era controllare gli ospiti al piano di sotto e riferirmi ciò che vedeva utilizzando FaceTime.

In effetti era stato lui ad architettare quel tranello. Io e la nonna ci eravamo solo occupate di definirne i dettagli. Anche Cachemire si era resa utile, sollevandoci il morale con il suo incrollabile ottimismo e la sua gentilezza.

Era certa che avremmo catturato il cattivo, vincendo la sfida a *Detective* una volta per tutte.

Anch'io la pensavo così.

«L'aquila è atterrata» gracchiò la voce di Gattavius al mio orecchio. Di recente si era unito alla nonna per una maratona di film di spionaggio e in poco tempo aveva imparato il gergo del settore. Essendo l'unica in grado di capirlo, avrei preferito che non parlasse in codice; ma se quella trovata lo divertiva, a me stava bene anche così.

Mi voltai verso l'ingresso giusto in tempo per vedere il nostro uomo, il Coordinatore delle pubbliche relazioni del rifugio, il signor Leavitt, che faceva il proprio ingresso in casa nostra. Indossava uno smoking nero che gli calzava a pennello e sfoggiava un sorrisone che gli andava da un orecchio all'altro.

«Ciao, straniero» gli dissi quando lo raggiunsi, detestando il modo in cui quelle parole provocanti suonavano dette da me. Il mio cuore apparteneva a Charles, e a lui soltanto, ma avevo bisogno che il nostro principale sospettato pendesse dalle mie labbra, così da fare il mio gioco e rovinarsi con le sue stesse mani. Beh, mi sarei mantenuta entro limiti ragionevoli, ovviamente.

«Lei e sua nonna vi siete davvero superate!» esclamò, mentre lo conducevo verso il bar a pagamento che avevamo fatto installare in sala da pranzo. «Questo posto sembra magnifico!»

«Non è che lo sembra. Lo *è*» risposi, calandomi perfettamente nel personaggio. Io e la nonna ci eravamo esercitate molto per rendere credibile il mio ruolo in quella farsa e, anche se non avevo un copione preciso da seguire, sapevo quali erano i tasti giusti da premere, nel modo più rapido e naturale possibile.

«Abbiamo già raccolto più di ventimila dollari solo con le prenotazioni per i posti a tavola. Con l'asta silenziosa e le donazioni, potremmo superare i centomila. Niente male per una sola serata di lavoro, eh?»

Ecco fatto. Avevo detto le cose più importanti. La nonna sarebbe stata molto orgogliosa di me, se avesse assistito al mio debutto.

Gli occhi del signor Leavitt si spalancarono di malcelata cupidigia. Se avesse sorseggiato un drink, probabilmente gli sarebbe andato di traverso. Riuscì a malapena a balbettare: «C-c-centomila dollari? Non dice sul serio!»

«E invece sì.» Gli appoggiai con delicatezza una mano sulla spalla e feci una risatina. «A quanto pare la gente sa essere davvero generosa quando si tratta di salvare dei poveri animali in difficoltà.»

«Sì, l'ho sempre pensato anch'io.»

Il barista gli porse un calice di vino bianco e a me servì un'altra Lemonsoda. Non ero una gran bevitrice già in circostanze normali, ma quella sera in particolare avevo bisogno di tutta la mia verve e presenza di spirito. Inoltre, dovevo fare in modo che il signor

Leavitt tornasse nell'ingresso, così Gattavius avrebbe potuto tenere d'occhio la situazione quando le cose si fossero messe in moto.

«Mi scusi un istante» dissi, estraendo il cellulare dalla pochette e pigiando Invio sul messaggio che avevo già scritto in precedenza non molto tempo prima.

Rivolsi un sorriso al signor Leavitt e dissi: «Ecco fatto. Ora godiamoci la festa. C'è così tanta gente che vorrei presentarle! Sa che la nonna, in gioventù, era una celebre attrice di Broadway? Ha molti amici benestanti, conosciuti a quei tempi, molti dei quali sono venuti a sostenerla stasera—cioè, a sostenere il rifugio.

«Fantastico!» disse il signor Leavitt bevendo un altro sorso di vino.

Un forte ticchettio, seguito dai rumori dell'interferenza del microfono, riempì la stanza, facendo scendere il silenzio sulla folla.

«Vi chiedo scusa, gentili signore e signori, ma vorrei la vostra attenzione» strillò la nonna al microfono. «Desidero porgere un grandissimo ringraziamento a una donatrice che ha chiesto di mantenere l'anonimato. Ha appena effettuato una donazione di ben cinquantamila dollari, consentendoci di superare, con un solo assegno, l'obiettivo minimo che ci eravamo poste per la serata. Grazie al suo buon cuore e alla sua straordinaria generosità, il rifugio potrà restare aperto senza problemi per altri due anni, e potremo aiutare tutti i poveri animali randagi di Glendale a trovare una nuova casa in cui vivere felici per sempre.»

Tutti applaudirono educatamente. Alcuni sussultarono, sbalorditi.

Che magnifico atto di generosità... se solo fosse stato vero!

«Questa serata ha già superato le nostre più rosee aspettative» dissi con enfasi al signor Leavitt, continuando a recitare il ruolo preparato con cura. «Io e la nonna speravamo davvero che il galà avesse successo, ma non avremmo mai pensato di raccogliere *così tanti* soldi!»

La nonna si fece strada tra la folla e ci raggiunse nell'ingresso: «Signor Leavitt» disse, entusiasta. «Volevo avere il piacere di consegnarle personalmente questo assegno. Una donazione di cinquantamila dollari! Riesce a crederci?» Gli piazzò l'assegno in mano. Quello era il segnale concordato.

«Un problema con il menù vegetariano?» gracchiai nell'auricolare. «No, no, no! È inaccettabile, in particolar modo a una raccolta fondi per animali. Arrivo subito.»

Premetti il tasto del dispositivo Bluetooth fingendo di chiudere una chiamata, poi mi voltai verso la nonna con un'espressione di panico in viso: «Andiamo, dobbiamo essere presenti entrambe per risolvere questo pasticcio. È stato un vero piacere rivederla, signor Leavitt. Si goda la serata!»

«Ci siamo quasi!» borbottai nell'auricolare mentre io e la nonna uscivamo in tutta fretta. «L'operazione Puntino rosso procede a pieno ritmo.»

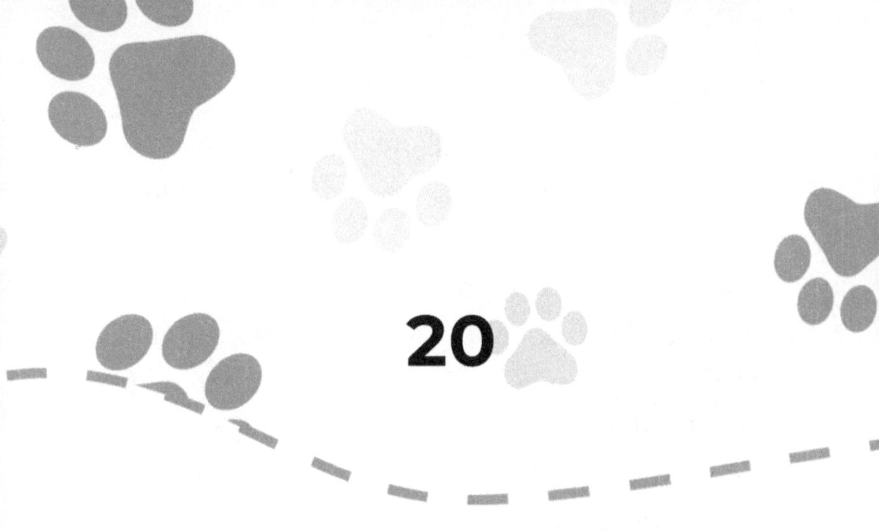

20

Anche se Gattavius detestava il fatto di essere stato ingannato dal puntino rosso quando l'avevo dovuto mettere nel trasportino per portarlo dalla veterinaria, quel piccolo atto di slealtà era diventato la base del nostro piano per cogliere il signor Leavitt con le mani nel sacco—o più precisamente, sull'assegno.

«La questione non è il puntino rosso in sé» aveva dichiarato Gattavius in tono filosofico «La questione è ciò che esso *rappresenta*.»

Aveva proseguito spiegandomi che per i gatti il puntino rosso è di per sé irresistibile e praticamente impossibile da ignorare. A quel punto ci aveva esortate a trovare ciò che per il signor Leavitt costituiva l'equivalente del puntino rosso, e la nonna aveva già espresso il concetto nel migliore dei modi: *il denaro è sempre un ottimo movente, che se ne abbia molto o poco.*

Partendo da quelle premesse, ci eravamo concentrate sull'organizzazione del galà per la raccolta fondi e, al contempo, sullo stabilire i dettagli del nostro piano. La donazione da cinquantamila dollari era soltanto una messinscena. Avevamo stampato degli assegni falsi con tanto di nome, indirizzo e numero di conto fittizi, contando sul fatto che l'avido cattivo di turno non avrebbe resistito e avrebbe cercato di intascarsi il malloppo.

L'agente Bouchard si era recato sotto copertura a Dewdrop Springs, per un appostamento alla banca locale. Ora il signor Leavitt doveva prendere una decisione: continuare a racimolare lentamente soldi sottraendo i fondi del rifugio, o intascarsi il cospicuo assegno e darsela a gambe. Noi ci auguravamo che l'esca da cinquantamila dollari—o il puntino rosso, per utilizzare l'analogia preferita di Gattavius—fosse un incoraggiamento sufficiente a farlo optare per questa seconda possibilità.

«Se ne sta andando! Se ne sta andando!» mi strillò Gattavius nell'orecchio mentre fingevo di essere intenta a ispezionare un vassoio di cime di broccoli.

«Manda il messaggio!» dissi alla nonna, che aveva

già pronto sul cellulare l'SMS per l'agente Bouchard. Anche se mi seccava dover aspettare in disparte, il mio ruolo nell'imboscata era ufficialmente terminato.

«Ottimo lavoro, Gattavius!» dissi, prima di togliermi l'auricolare. Poi estrassi il cellulare dalla pochette e scrissi a Charles.

Mi concede questo ballo?

Lui mi venne incontro poco dopo, e restammo a danzare abbracciati sull'ampio prato della tenuta finché le stelle iniziarono a splendere nel cielo…

Sarebbe stato incredibilmente romantico, se non fosse stato per un'improvvisa interruzione.

«L'hanno beccato!» Udii le parole della nonna solo pochi istanti prima di percepire il tocco delle sue braccia che mi avvolgevano da dietro. Si unì a me e Charles nella danza, bisbigliandomi all'orecchio: «Quell'idiota è andato dritto dritto alla stessa banca. Si è scoperto che è sempre stato lui a incassare gli assegni, a parte i nostri due, ovviamente. Ti racconterò tutto quando ne saprò di più.» Mi stampò un bacio su una guancia e si allontanò.

«Tua nonna mi ha appena dato un pizzicotto sul sedere!» mi disse Charles con una risata.

«La nonna è incorreggibile» risposi, alzando gli occhi al cielo. Avrei dovuto fare una bella chiacchierata con lei, più tardi, sui limiti da non superare. Ma in quel momento volevo solo godermi la serata, stretta tra le forti braccia di Charles.

«Come hai fatto a capire che non era stata Trish?» mi chiese lui.

«Era tutto troppo perfetto» mormorai, pronta a gettarmi quella storia alle spalle e godermi la serata.

«Proprio come te» disse, dandomi un rapido bacio sulla guancia.

«Proprio così» scherzai, stringendomi ancora di più a lui. Se voleva credere che fossi perfetta, non sarei stata certo io a fargli cambiare idea.

Fra tutte le persone di questo mondo, fu Harmony a fornire le informazioni che portarono a chiudere il caso. Ricordate la massaggiatrice antipatica? Sì, proprio lei.

Saltò fuori che Trish si era recata al centro benessere Serenity perché anche Stone – il cui vero nome era Declan – lavorava nella filiale di Dewdrop Springs della First Bank of Blueberry Bay. Era stato lui ad aiutare il signor Leavitt a incassare gli assegni rubati e incastrare Trish.

Harmony – ebbene sì, quello era il suo vero nome – aveva origliato alcune conversazioni, e sentito abbastanza da poter testimoniare contro di lui. A quel punto, l'uomo era crollato e aveva confessato.

Cachemire non aveva mai visto prima Trish perché quest'ultima, tecnicamente, non lavorava al rifugio. Pearl, la dolce ma smemorata addetta all'accoglienza, era sua nonna, e per settimane il signor Leavitt aveva minacciato che avrebbe cacciato via l'anziana signora per via dell'età e del sospetto che soffrisse di una forma di demenza precoce. Con quella minaccia, e alcune bugie ben congegnate, aveva costretto Trish a fare il lavoro sporco al posto suo.

E quando aveva capito che io e la nonna eravamo sulle sue tracce, aveva fatto in modo che la colpa ricadesse sulla ragazza. L'aveva mandata a incassare gli assegni insieme a Stone e a comprare le merci rubate, ordinando al suo lacchè di recarsi di proposito nel posto sbagliato e costringerla a fare avanti e indietro per la città, nella speranza che qualcuno ne notasse il comportamento sospetto.

Purtroppo, io ero caduta nella sua trappola, reggendogli involontariamente il gioco.

Se non fosse stato per i miei animali e quel disgustoso topo morto, forse non avrei mai capito di aver accusato la persona sbagliata.

Per fortuna i miei animali *avevano* abitudini

disgustose, e il signor Leavitt – che di nome faceva Alex, nel caso voleste saperlo – sarebbe stato fuori dai giochi per un bel pezzo. Finalmente, nel ruolo di Coordinatore delle pubbliche relazioni del rifugio c'era qualcuno che amava davvero gli animali e desiderava con tutto il cuore occuparsi di loro.

Pearl.

Il medico aveva rapidamente smentito la diagnosi di demenza, dichiarandola in ottima salute e perfettamente in grado di intendere e di volere. Quindi ora sarebbe stata lei a gestire la struttura, e la sua devota nipote, Trish, aveva preso il suo posto come addetta all'accoglienza.

Io e la nonna, dal canto nostro, avevamo in programma di continuare a organizzare raccolte fondi per aiutare il rifugio a tornare agli antichi splendori.

Quindi si potrebbe concludere con un bel 'e vissero tutti felici e contenti'.

Beh, per lo meno fino al prossimo caso da risolvere…

MOLLY E I SUOI LIBRI

CHI È MOLLY FITZ

Tecnicamente, la scrittrice e autrice di best-seller Molly Fitz non è in grado di parlare con gli animali. Questo però non le impedisce di avere conversazioni serie e molto animate con i suoi tre assistenti-scrittori felini.

Molly vive in una sperduta regione selvaggia dell'Alaska insieme a suo bambinə e lo zoo di famiglia. Di tanto in tanto, Molly si arrischia a uscire di casa, se c'è in vista un buon pranzetto o aroma di caffè... o, magari, per incontrare nuovi amici animali.

Scopri di più su Molly e sui suoi libri, e non dimenticarti di iscriverti alla newsletter su **www.raccontimiciosi.com**.

* * *

UN DETECTIVE CON LE VIBRISSE

Angie Russo si è messa in società con il primo gatto parlante investigatore di Blueberry Bay, Gattavius, che, insieme alla sua banda un po' sgangherata di aiutanti animali e umani, risolverà ogni mistero... a patto che questo non interferisca con le sue abitudini. Comincia con il primo libro della serie, ***Il segreto del gatto***.

LE AVVENTURE MAGICHE DI MERLINO

Gracy Springs non è una maga... ma il suo gatto, sì! Adesso, però, Gracy deve mantenere il segreto, altrimenti rischia di passare il resto della vita in una prigione magica. Grossi guai sembrano attenderli a ogni passo. Comincia con il primo libro della serie, ***Merlino sceglie un famiglio***.

... E TANTE ALTRE NOVITÀ IN ARRIVO!

* * *

CONNETTITI CON MOLLY

Se sei alla ricerca di una community di lettori stravaganti, che amano gli animali tanto quanto i libri, allora non c'è dubbio: saremo amici!

Segui **la mia pagina Facebook**: www.facebook.com/raccontimiciosi

Iscriviti alla mia **newsletter** e riceverai un pacchetto gratuito in formato digitale, tutte le ultime novità e aggiornamenti e, nelle occasioni speciali, omaggi pensati apposta per gli appassionati: www.raccontimiciosi.com/iscriviti

NOTE

CAPITOLO 13

1. In italiano nel testo originale.

www.ingramcontent.com/pod-product-compliance
Lightning Source LLC
Chambersburg PA
CBHW050325110726
47899CB00007B/2375